John et le Règlement 17

Des mêmes auteurs

Étienne Brûlé. Le fils de Champlain (Tome 1), 2010.

Étienne Brûlé. Le fils des Hurons (Tome 2), 2010.

Étienne Brûlé. Le fils sacrifié (Tome 3), 2011.

Jean-Claude Larocque
et Denis Sauvé

John et le Règlement 17

ROMAN

David

Catalogage avant publication de Bibliothèque et Archives Canada

Larocque, Jean-Claude, 1954-, auteur
    John et le Règlement 17 / Jean-Claude Larocque, Denis Sauvé.

(14/18)
Publié aussi en formats imprimé(s) et électronique(s).
John et le Règlement 17.
ISBN 978-2-89597-387-4. — ISBN 978-2-89597-419-2 (pdf). —
ISBN 978-2-89597-420-8 (epub)

    I. Sauvé, Denis, 1952-, auteur II. Titre. III. Collection : 14/18

PS8623.A76276J64 2014   jC843'.6   C2013-908592-0
                                     C2013-908593-9

Les Éditions David remercient le Conseil des Arts du Canada,
le Secteur franco-ontarien du Conseil des arts de l'Ontario,
la Ville d'Ottawa et le gouvernement du Canada par l'entremise
du Fonds du livre du Canada.

Ottawa

Les Éditions David   Téléphone : 613-830-3336
335-B, rue Cumberland   Télécopieur : 613-830-2819
Ottawa (Ontario) K1N 7J3   info@editionsdavid.com
www.editionsdavid.com

*À tous ceux
qui font triompher la justice
par la résistance pacifique.*

La vraie peur, c'est quelque chose comme une réminiscence des terreurs fantastiques d'autrefois.

Guy de Maupassant, *La peur*

PROLOGUE

Ces derniers mois, j'ai vécu des événements étranges, qui ont bouleversé ma vie. Vous croyez aux fantômes, aux revenants ? Moi, je n'y croyais pas mais parfois…, devant des phénomènes inexplicables qui défient toute logique, qui dépassent l'entendement, on doit tout remettre en question.

Ma décision est prise. Ce matin, je saute dans la douche, je prends mon sac à dos, je monte dans la voiture de ma mère et je me rends au registrariat de l'Université d'Ottawa, sur la rue Cumberland. Je veux m'inscrire à la Faculté de droit et devenir avocat.

À mon arrivée, il y a déjà une longue file d'attente. Je me dis intérieurement : « Mon Dieu, j'en ai au moins pour une heure à patienter ! Mais, ça ne fait rien. Au moins, maintenant, tout est clair. Je sais où j'm'en vais. J'ai enfin trouvé ce que je veux faire de ma vie ! »

CHAPITRE 1

Une journée bien spéciale

Je crois que je vais me souvenir toute ma vie de cette journée du mercredi 29 février 2012. Eh oui ! Une année bissextile. Je me revois encore au volant de la vieille Toyota de ma mère, filant à toute vitesse d'Ottawa à Cornwall, pour aller chercher mon grand-père Ménard à l'hôpital et le ramener chez lui.

Le temps est particulièrement doux pour cette période de l'année. Il n'y a aucun nuage et il fait plus de quinze degrés Celsius. Le soleil plombe dans la voiture et j'ai ouvert toutes les fenêtres pour respirer l'air pur de ce printemps hâtif. Je commence vraiment à croire ce que les gens autour de moi se plaisent à dire :

– On n'a plus les hivers qu'on avait. Dame nature est un peu perdue. C'est à cause du réchauffement de la planète.

J'ai le cœur à la fête et la musique de mon iPhone bourdonne à tue-tête dans la voiture. J'ai le sentiment que rien ne peut m'arriver. Je suis libre comme le vent. Pour la première fois, ma mère m'autorise à m'absenter de l'école. Je suis très content, car je trouve mes cours vraiment ennuyeux, surtout ceux de Monsieur Myre, mon prof de français. Il n'en finit plus de bougonner à chaque cours parce que les élèves parlent anglais entre eux.

M'y voilà. À la réception de l'hôpital Hôtel-Dieu, devenu l'Hôpital communautaire de Cornwall, on me dirige au deuxième étage. Dès mon entrée dans la chambre 208, je suis surpris de l'accueil de mon grand-père.

— Bon, enfin, te v'là ! Il était temps. J'avais hâte de quitter cette maudite prison ! Tu vois, toutes mes choses sont prêtes.

— Belle façon d'accueillir la visite, Pépère ! Qu'est-ce qui se passe ? On n'a pas bien pris soin de toi ?

— Y'a pas personne qui aime ça, les hôpitaux. Ça sent la maladie ! Et pis, la nourriture, c'est pas mangeable. Ça goûte rien. Même le Jell-O est fade !

Pépère me fait bien rire ! Malgré ses quatre-vingt-dix ans, il est encore très alerte dans ses déplacements. Il radote parfois, mais il a toute sa tête et prend la vie du bon côté. Même s'il est d'une autre époque, j'aime bien passer du temps avec lui. Il a de ces manies qui me font rire ! En réalité, son air bougon et ses remarques sur tout et sur rien ne sont qu'une facette de son sens de l'humour et de son amour pour la vie. Je ne le vois que quelques fois par année, mais pour moi, il est toujours le même. Il ressemble beaucoup à mon père. Ses yeux brillent de la même manière. Il a cette étincelle dans les yeux ! Un noir perçant !

On ramasse ses affaires et on se dirige vers la réception. Une garde nous confirme qu'il a bien reçu son congé.

— Don't forget to remind him to take his medication. We wish you the best, Sir.

— Ben oui, *the best*, répète mon grand-père avec ironie.

À la sortie, des manifestants crient et brandissent banderoles et pancartes. Les voitures qui passent klaxonnent en guise d'approbation. Certains scandent bien haut et fort :

— No bilingualism! One country, one flag, one language!

Je trouve bien drôle de voir des adultes se comporter comme des enfants. Du coin de l'œil, je vois que Pépère, lui, a du mal à se contrôler. Il ne mâche pas ses mots :

— Orangistes ! Vous n'êtes que des racistes !

— C'est quoi des Orangistes, Pépère ?

— Ce sont des racistes, des protestants. Ils sont sur notre cas à nous, les catholiques, et ça, depuis plus de cent ans. Ils voudraient tous voir le français et la religion catholique disparaître. Ma famille et moi, on les a combattus toute notre vie. J'pensais que ce temps-là était derrière nous. Ben non ! Ils sont encore là ! Ç'a l'air que les préjugés contre nous ne disparaîtront jamais. Ils ne comprennent rien. Plus ça change, plus c'est pareil ! Toi, John, t'es chanceux ! T'as pas à te battre pour apprendre le français à l'école. T'as sûrement entendu parler du Règlement 17 dans tes cours d'histoire ?

— Euh ! Oui, mais c'est vague…

Me voyant hésiter, il se contente de me lancer :

— Ne t'en fais pas mon grand, je te raconterai quand on aura plus de temps.

Il aurait bien aimé leur dire plus longuement sa façon de penser, mais il s'est retenu. Comme si les sentiments qu'il éprouvait prenaient toute la place et qu'il n'avait pas de mots pour exprimer tout son ressentiment.

Sur le chemin de Green Valley, petit village situé le long de la route 34 près d'Alexandria, c'est le silence complet. Perdu dans ses pensées, Pépère me jette un regard furtif de temps à autre. Pour briser ce silence, je lui demande :

— Pis, Pépère, content de rentrer chez toi ?

Chez lui, c'est la maison pour personnes âgées : le Valley Garden Retirement Home. Depuis bientôt cinq ans qu'il y habite. À sa façon coutumière, il me répond simplement :

— Bof, tu sais mon p'tit, ici ou ailleurs, y'a personne qui m'attend. J'ai plus personne de la famille à part vous et rares sont les visites. Y'a juste des p'tits vieux, pis la plupart n'ont plus leur tête. Sont juste là à attendre de mourir comme des p'tits poulets. Ça fait pas très excitant ! Chaque jour, c'est la même routine. On est assis là à rien faire. On se sent inutile. J'aimerais ben mieux que tu me parles de toi, mon gars. Comment ça va par chez vous ?

Je m'empresse de lui parler de choses générales :

— Ma mère travaille toujours comme hygiéniste chez le dentiste Lafrance et ma sœur Alicia est maintenant à l'école secondaire. Moi, je finis mon secondaire et je travaille chez Walmart les fins de semaine.

Il voit bien que ma vie non plus n'a rien de très excitant, car il termine en me disant :

— Bon ben, c'est un peu la même chose que moi, rien de ben spécial !

Ses paroles me font sourire ! En quelques minutes, il a compris que ma vie était tout aussi ordinaire que la sienne, un peu ennuyante même.

CHAPITRE 2

Le legs de Pépère

Je stationne la voiture dans la cour de la résidence, je prends sa valise d'une main, son bras de l'autre, et on entre. Dans sa chambre, je défais sa valise et place ses effets personnels dans les tiroirs de sa commode. Lorsque je prends ses vêtements pour les ranger, il se lève brusquement :

— Laisse faire mon grand, je vais ranger ça plus tard.

À ma grande surprise, il se dirige vers moi, me regarde droit dans les yeux, reste là immobile quelques instants, l'air songeur, puis prend une boîte sur la tablette du haut de sa garde-robe :

— Tiens, mon gars, c'est pour toi. Ça fait longtemps que je traîne ça avec moi et que j'attends le bon moment pour te la remettre.

À voir Pépère transporter la boîte avec autant de soin, puis la déposer si délicatement au pied de son lit, je vois bien que son contenu est fragile et précieux. Ça pique vraiment ma curiosité.

— C'est quoi, Pépère ?

— Pour moi, ça représente tout ! Pour la plupart des gens, ce n'est rien d'autre que des peccadilles, mais qu'importe. Ce sont des souvenirs de la famille Ménard. C'est mon père qui m'a laissé ça avant de mourir. Depuis la mort de ton père, mon grand, tu es le plus vieux de toute la famille. C'est donc à toi que revient ce qui est dans cette boîte. Je veux que tu me promettes de la garder précieusement et, un jour, de la remettre à tes enfants. J'espère que tu en auras. On n'a plus les belles familles nombreuses qu'on avait dans mon temps.

— Bien sûr, Pépère, c'est promis. Mais, pourquoi maintenant ?

— Ah ! je n'ai plus vingt ans. Mes jours sont comptés. Toi, tu as toute la vie devant toi. J'ai mis un peu d'argent de côté pour toi et Alicia. Comme je ne suis pas riche, c'est à peu près le seul héritage que je vais laisser. Et, je veux qu'il te revienne.

— Parle pas comme ça, Pépère. J'aime pas ça. Je suis certain que t'as encore plusieurs bonnes années devant toi. T'es encore en bonne santé, pour ton âge.

— C'est vrai, mon gars. Pour mon âge, la santé est bonne, mais je sais bien que la fin approche et que le bon Dieu est à la veille de m'appeler pour aller de l'autre bord. Pas plus tard que la semaine passée, je me suis levé en pleine nuit pour aller aux toilettes, comme d'habitude. Tu sais, quand on prend de l'âge, la vessie et la prostate ne fonctionnent plus comme avant, John. Quand je suis revenu pour me coucher, j'ai vu comme une ombre noire dans le coin de ma chambre. Je croyais d'abord que mes yeux me jouaient des tours, mais j'ai ensuite entendu un bruissement, des pas et puis une voix qui m'a donné froid dans le dos. Elle me disait de bien me préparer pour quitter ce monde, que mes heures étaient comptées.

— Ben voyons, Pépère ! T'as sûrement fait un mauvais rêve !

— Non, je ne crois pas, John. Ç'avait tellement l'air réel. Je sais que tu crois pas aux histoires de revenants, mais tu as tort. Ça existe vraiment. C'est pas juste des histoires de vieux.

— Pépère !

— Non, non, John, c'est vrai. Des fois, tu me fais penser à ton père. Viens t'asseoir près de moi.

Fixant le plafond de la chambre, les yeux à demi-fermés, pour retourner dans ses souvenirs lointains, il commence à me parler comme lui seul sait si bien le faire.

— Quand ton père était jeune et que les adultes racontaient des histoires de revenants, il disait que c'étaient des contes de ma grand-mère et tournait toujours ça en ridicule. Mais, tout ça a changé, une nuit. Il a réveillé toute la famille en criant comme un perdu. Il devait avoir douze ou treize ans. Il disait qu'il avait vu une vieille femme toute vêtue de blanc au pied de son lit, le regarder dormir. Il nous a juré que ce n'était pas un rêve. On l'a consolé comme on pouvait. Je pense même que, ce soir-là, il a couché entre ta grand-mère et moi pour le reste de la nuit. Jamais plus il n'a dormi les lumières éteintes. Quelques jours plus tard, il a même changé de chambre pour se rapprocher de la nôtre, tellement il avait peur.

Je reste bouche bée. Mon père ne m'a jamais raconté ça. Je ne sais plus quoi dire, alors je change de sujet.

— Pépère, je peux voir ce qu'il y a dans cette précieuse boîte ?

— Non, non, pas ici. J'aimerais mieux que tu regardes ça quand tu seras chez toi. Tu seras plus à ton aise et moi aussi.

Mon Pépère, visiblement fatigué de la journée, s'étend dans son lit pour sa sieste quotidienne. J'attends qu'il s'assoupisse, puis je lui fais un signe de la main et je quitte les lieux, la boîte sous le bras.

CHAPITRE 3

Une mauvaise nouvelle

Un jeudi du début d'avril, alors que je me prépare à sortir avec ma copine Lois Macdonald et mes amis, ma mère s'approche de moi avec un drôle d'air.

— John, mon grand, tu dois annuler ta sortie ce soir !

— Bon, qu'est-ce qu'il y a encore ? Tu sais bien que je n'ai pas souvent la chance de sortir et d'aller m'amuser. Je travaille toutes les fins de semaine. Pis demain, j'ai pris congé. C'est le party chez mon amie Lois.

— Je comprends John et tu sais bien que j'aime Lois. Sa mère et moi sommes de très bonnes amies. Je ne t'empêche pas de voir tes amis, mais...

— Mais quoi ? Qu'est-ce qui se passe ?

Je vois bien que ma mère est contrariée et qu'elle veut me dire quelque chose d'important, mais ne semble pas pouvoir trouver les mots. J'en profite donc pour utiliser mon stratagème habituel et je la mitraille de questions :

— Tu veux que je reste à la maison ? Tu ne te sens pas bien ? Tu as un rendez-vous chez le médecin ? Tu as une sortie importante et tu veux que je garde un œil sur Alicia ?

– Non, non, John. Laisse-moi parler. Écoute-moi. Je ne sais pas comment t'annoncer cela.

– M'annoncer quoi ? Tu me fais peur. Pas une mauvaise nouvelle de ton médecin ?

– Non, John. C'est ton grand-père.

– Qu'est-ce qu'il a Pépère ?

– Pépère... il est... il est parti... il est mort.

– Comment ça, Pépère est mort ! C'est pas possible ! La dernière fois que je l'ai vu, il allait bien. Ça fait même pas un mois de ça !

– Je sais, John. On l'a trouvé dans son lit ce matin. Il a fait un arrêt cardiaque et est mort dans son sommeil.

Je reste là devant ma mère, sans rien dire. Je suis sous le choc. Pépère avait senti sa mort venir. Je suis très triste à l'idée que je ne le reverrai plus. Je l'aimais bien Pépère.

En quelques minutes, je vois défiler devant moi, comme un film, les bons moments passés avec lui. Chaque printemps, il nous amenait, mon père et moi, à la pêche à la barbotte dans la rivière Beaudette. C'était, comme il se plaisait à le dire, la sortie des *boys*. Tous les étés, j'allais passer au moins deux semaines chez lui. C'était un peu mon camp de vacances. On passait beaucoup de temps ensemble. Il me racontait plein d'histoires du temps de sa jeunesse. Le soir, on faisait un feu de camp et on placotait jusque tard dans la nuit. Il avait le don de captiver mon attention. Il connaissait tant de choses.

Voyant l'effet que cette nouvelle a sur moi, ma mère prend sa voix douce, comme pour me consoler.

– Tu sais, mon grand, Pépère t'aimait beaucoup. Il passait son temps à répéter que tu étais son préféré. Depuis la mort de ton père, il se retrouvait bien seul, veuf et sans frères ni sœurs, tous partis avant lui. Il va falloir passer quelques jours dans la région de Green Valley. L'enterrement aura lieu samedi.

CHAPITRE 4

Le deuil

Tôt le lendemain matin, nous prenons la direction de Cornwall pour faire quelques achats. Ma mère insiste pour que je porte habit et cravate. Le costume que j'ai mis à l'enterrement de mon père est devenu trop petit. Normalement, j'aurais protesté, mais je n'ai pas trop le cœur à ça. Ma mère et ma sœur Alicia tentent par tous les moyens de changer l'atmosphère, mais je n'ai le goût de parler à personne. Intérieurement et en silence, je vis un double deuil : celui de Pépère et celui de mon père.

On nous a informés que les visites commenceraient vers 14 heures le vendredi et qu'il y aurait une messe le lendemain matin vers 11 heures, avant l'inhumation. À cette nouvelle, j'ai brisé le silence et lancé à ma mère : « Deux jours ! Ça va être long ! » Ma mère m'a jeté un regard désapprobateur, rempli de compassion.

– C'était le choix de Pépère. C'est ce qu'il voulait. C'étaient ses dernières volontés. Il voulait être exposé et enterré au cimetière de Green Valley.

Je me vois encore entrer au salon funéraire Munro & Morris, à Alexandria. Le cercueil est placé le long d'un mur. Quelques bouquets de fleurs décorent la pièce. Je trouve l'odeur forte. Ça sent la mort. Je ne suis pas sûr que Pépère apprécierait toute cette senteur de parfums mélangés.

Je quitte la pièce à peine quelques instants après mon arrivée. Dans une salle adjacente, une dizaine de personnes sont réunies et jasent tout bas. Je ne les connais pas, mais à leur réaction en me voyant, je devine qu'elles me connaissent. Ma mère et Alicia viennent me rejoindre. Après les salutations d'usage, ma mère me chuchote à l'oreille de mettre un autocollant avec une photo de Pépère au revers de mon manteau et de la suivre.

— Nous allons accueillir les gens, John. Je veux que tu sois à mes côtés. Ils vont venir nous offrir leurs condoléances.

Debout en ligne près du cercueil de Pépère, je passe de longues heures à serrer des mains d'inconnus. Ils nous offrent des vœux de circonstances et lancent des formules toutes faites. « Mes condoléances, jeune homme. Ton grand-père est parti de belle façon. Il n'a pas souffert. Il ne faut pas être triste, il a mené une belle vie. Ils l'ont bien arrangé, il est encore aussi beau qu'il était de son vivant. Il a l'air si naturel, on dirait qu'il est juste endormi. Mon Dieu qu'il a l'air bien ! Il ne faut pas être triste, il est heureux maintenant. »

Parfois, j'entends des éclats de rires et de voix dans l'autre pièce. Ces mêmes personnes ont défilé devant le cercueil de Pépère pour lui rendre un dernier hommage, en prenant une mine triste et sympathique. Je trouve cela vraiment déplacé. Si Pépère pouvait parler, il leur dirait sa façon de penser, lui qui n'avait pas la langue dans sa poche.

À la fin de la soirée, je suis impatient de retourner à la chambre que nous avons réservée dans un gîte, à Alexandria. Malgré l'heure tardive, je ne réussis pas à m'endormir. Je ne m'explique pas cette insomnie moi qui, pourtant, ne prends d'ordinaire que quelques minutes pour m'endormir de longues heures, sans interruption. Je pense à ma copine Lois qui a semblé vraiment contrariée lorsque je lui ai téléphoné pour lui annoncer la mauvaise nouvelle.

— Lois, je ne pourrai pas aller à ton party! Mon grand-père est mort et je dois accompagner ma mère et ma sœur. Nous partons demain. Je suis vraiment désolé.

— Ah non! Tous mes *friends* seront là. *You can't do this to me.*

— Je sais bien, Lois, mais que veux-tu! Je n'y peux rien!

— Mais oui, je comprends mais… c'est quand même dommage. Bon, alors, passe une bonne fin de semaine avec ta famille!

— Voyons Lois…

Peine perdue. Elle a déjà raccroché. Je trouve sa réaction très égoïste et injuste. Elle est fâchée. Petite fille gâtée, irrespectueuse, qui m'en veut de ne pas être avec elle, alors qu'il n'est même pas question de choix. Elle n'a aucune empathie pour moi.

Étendu sur le lit, je ressasse sans cesse les événements de la journée dans les moindres détails et je me dis : « Pourquoi Pépère n'a-t-il pas décidé de se faire incinérer ? Cela aurait été plus simple. Pas de visites au salon, juste une cérémonie le samedi… » Puis, je me recroqueville sous les couvertures, honteux d'avoir eu une telle pensée.

CHAPITRE 5

C'est pas *cool*, la mort

Le lendemain, ma mère me réveille très tôt. Je suis épuisé. Je n'ai dormi que quelques heures, d'un sommeil léger. J'ai le sentiment que la journée sera longue et remplie d'émotions.

À notre arrivée au salon, l'atmosphère est vraiment différente de la journée précédente. Tout est silencieux. Le salon est désert. Il n'y a que deux employés affairés à préparer une autre salle pour une défunte. Je suis attiré dans la salle où est exposé Pépère, sans pouvoir expliquer pourquoi. Couché dans son cercueil, il a l'air serein, tout simplement assoupi comme la dernière fois que je l'ai vu à la résidence. Je le fixe quelques instants et je me sens vraiment étrange. J'ai alors la nette impression de l'entendre me dire, avec son air moqueur : « Hein, mon grand, je te l'avais dit que je quitterais ce monde bientôt. Pis, je suis content que tu sois là. » « Oh ! Moi Pépère, je n'aime pas bien ça être ici ! Une chance que je t'aimais bien parce que je ne serais pas venu. » « Je sais, mon grand, personne n'aime ça visiter les morts ! »

Puis, je sens un courant d'air froid qui me fait frissonner et quelqu'un s'approcher derrière moi. C'est un des employés de la maison funéraire, qui demande à me parler. Je le suis dans un petit bureau aux murs tapissés de diplômes.

— On m'a dit que vous étiez assez proche de votre grand-père. C'est pourquoi nous aimerions que vous soyez porteur, aujourd'hui. Je crois que votre grand-père aurait apprécié, mais cela étant dit, sentez-vous bien libre d'accepter ou non.

Je me contente de baisser les yeux et de lui faire un signe approbateur de la tête.

— Donc, c'est oui. Vous acceptez. Vous verrez, ce n'est pas difficile. Nos employés vous guideront et vous n'aurez qu'à les imiter. Je vous remercie.

Je quitte la pièce, sans ajouter un mot. Je me surprends moi-même d'avoir accepté de participer à ce rite, moi qui ai refusé de le faire au décès de mon père. Mais, je ne suis pas au bout de mes surprises.

Une heure plus tard, je vois entrer Jessica Poirier. C'est une camarade de classe. Elle s'approche, se recueille auprès de Pépère et m'offre ses condoléances. Je me sens tout bizarre de la voir là pour moi. Nos yeux se croisent et elle s'approche pour me faire une accolade. L'émotion monte en moi et je ne peux pas retenir mes larmes. Entre deux sanglots, je me contente de lui dire que je ne m'attendais pas à la voir.

— Tu es bien gentille, Jessica ! Je te remercie d'être là. C'est vraiment un beau geste de ta part.

Jessica est vraiment tout le contraire de Lois. Sa tenue vestimentaire, privilégiant le noir, lui donne un air rebelle. De plus, elle a plusieurs *piercings* au visage et un maquillage sombre qui accentue ses traits rustres et ses yeux perçants noir ébène. Elle a l'air d'une *punk* sortie d'un mauvais rêve. Mais derrière ce costume se cache une âme sensible et c'est ce que j'aime bien chez elle. Elle est originale, vraie et sincère.

Puis, le curé de la paroisse du Sacré-Cœur et un groupe de prière viennent se recueillir pour l'âme de Pépère. Jessica se fait discrète et quitte la salle.

Vers 10 h 30 arrive le moment le plus triste et déchirant. Avant la fermeture du cercueil, ma mère et Alicia y déposent des gerbes de fleurs. À mon tour, la main tremblante, je place entre les mains jointes et inertes de mon grand-père une photo prise lors de notre dernière excursion de pêche. À ce moment, j'ai une pensée pour Pépère. « Repose-toi pour ton dernier voyage. Un jour, nous serons réunis de nouveau. » Accompagné des autres porteurs, je transporte Pépère dans le corbillard. J'aurais dû refuser. J'ai les mains moites, j'ai peine à respirer et j'ai le cœur gros. C'est bien plus difficile que je pensais. Enfin, c'est fait. Je rejoins ma mère et Alicia dans la voiture, qui prend lentement la direction de l'église de Green Valley.

Assis au premier banc, je participe machinalement à la célébration de la messe. Devant la centaine de personnes réunies, le curé rend hommage à Pépère qui, comme les autres membres de sa famille, a beaucoup fait pour les francophones et les catholiques de Green Valley. Avant lui, son grand-père Ménard et son ami Médéric Poirier ont mené un combat épique pour obtenir une école de langue française et catholique dans le village. Je suis fier de Pépère et de son ancêtre.

La cérémonie terminée, nous accompagnons Pépère au cimetière. Alors que nous sommes tous réunis autour de la tombe, j'aperçois Jessica, en retrait. Je me contente de lui sourire pour lui faire comprendre que je suis content de la revoir et que j'apprécie sa présence. Après les dernières prières, je m'avance et touche le cercueil de Pépère avant qu'on ne le descende dans la fosse. Au même moment, le soleil transperce les nuages et un flux d'énergie me traverse le corps en entier. Jessica vient me rejoindre et me prend la main. Je tourne la tête et je devine une certaine déception sur le visage de ma mère. Elle n'apprécie pas beaucoup. Elle préférerait voir Lois à mes côtés. Ces derniers temps, elle me dit souvent que Jessica n'est pas une fille pour moi.

— Je ne comprends pas. Elle est tellement différente de toi. Lois, elle, me semble une bien meilleure amie.

Nous nous éloignons du groupe et nous marchons dans le petit cimetière. Je me recueille quelques instants sur la tombe de mon père, puis je me promène en lisant les inscriptions sur les pierres tombales. Je vois les noms de plusieurs défunts que Monsieur le curé a mentionnés durant son homélie : Médéric Poirier et plusieurs membres de la famille Ménard. Il me semble entendre la voix de Pépère : « Ne sois pas triste mon grand. Je serai toujours là dans ton cœur pour veiller sur toi. Je repose en paix maintenant, John, aux côtés de ton père et de tous ceux que j'ai aimés. »

Je ne trouve pas ça *cool*, la mort. C'est difficile pour ceux qui restent. Pas facile de se séparer de ceux qu'on a aimés. Je pleure en jurant de ne jamais oublier mon Pépère.

De retour à Ottawa, je laisse la routine prendre vite le dessus. Chaque jour, c'est la folie du monde moderne. Je cours tout le temps pour gagner du temps. J'essaie tant bien que mal de suivre la cadence. Je suis pris dans un tourbillon sans fin entre les études, le travail chez Walmart, les parties de soccer, les tâches de la maison et les sorties avec Lois et mes amis. C'est vraiment une période folle de l'année et je suis à bout de souffle. Depuis la mort de Pépère, je sens que je ne suis plus le même. Je ne peux pas expliquer ce sentiment bizarre. C'est comme une tristesse dans l'âme, qui m'a envahi et qui ne veut plus me quitter. Souvent, je me promets d'ouvrir la fameuse boîte qu'il m'a laissée mais, comme d'habitude, je remets toujours à plus tard. À court d'excuses, il faudra bien que je m'arrête et que je passe à l'action.

CHAPITRE 6

La boîte à secrets

Au moment où je touche à la boîte de Pépère pour enfin l'ouvrir et voir ce qu'elle contient, je sursaute à la sonnerie de mon iPhone. Pourquoi suis-je si nerveux ? Depuis quelques semaines, ou plutôt depuis la mort de Pépère, je vis de longs moments d'angoisse, de solitude et de questionnement. Le jour où il est parti, j'ai ressenti le besoin d'ouvrir cette boîte mystérieuse, mais je ne l'ai pas fait. Je pense pourtant que cela changera ma vie. Quelque chose d'irréel m'habite et je suis très sensible à ce phénomène. Je sens comme un spectre m'observer, me suivre partout et aussitôt que j'entre dans ma chambre, je suis convaincu qu'il est là. Aujourd'hui, je décide d'ouvrir enfin cette boîte.

Je prends mon téléphone intelligent sur ma table de chevet, l'allume et constate que c'est ma copine Lois. Depuis que j'ai raté son fameux party, elle a adopté une attitude agressive envers moi. Elle me tient des propos vindicatifs, ce qui commence à m'indisposer. En tout cas, je réponds :

– Bonjour. Comment va ma belle Lois aujourd'hui ? en utilisant ma voix sensuelle et langoureuse.

– *What are you doing, John?* Je t'attends depuis plus d'une demi-heure. Tu devais passer me prendre pour aller au travail. Là, je vais être en retard, et tu sais comme je déteste être en retard..., dit-elle d'un ton autoritaire.

Abasourdi par l'accueil, je réponds, à brûle-pourpoint :

– *Love you dear...* en lui faisant des bruits de baisers très sonores.

Sur-le-champ, elle rétorque :

– *Why do you say that?* Tu sais très bien que ce n'est pas le moment de parler d'amour. Je vais être en retard au travail ! Et tu connais Madame Salib, elle n'entend pas à rire avec les associés de Walmart.

C'est là qu'on s'est rencontrés, Lois et moi. Au début, je trouvais étrange qu'elle travaille là et qu'elle soit mon *boss* sur le plancher, alors que son père est un homme d'affaires prospère. Il a une entreprise dans les nouvelles technologies. Mais, Lois m'a avoué qu'elle travaille pour lui faire plaisir. Il veut qu'elle ait un emploi à temps partiel. Il dit que cela est bon pour sa formation et que ça va lui apprendre la valeur de l'argent durement gagné. En dernière année du secondaire elle aussi, Lois fréquente une école anglaise d'Ottawa, le Glebe Collegiate Institute. Elle suit un programme d'immersion en français. Ce n'est pas sa préférence, mais son père insiste.

Enfin, comme ma tactique n'a aucun effet, je prends mon ton sérieux :

— Bon Lois, respire un peu. C'est pas la fin du monde. La semaine passée, tu as toi-même changé mon *shift* et je commence à une heure cet après-midi. Je t'avais dit que puisqu'on commençait à la même heure, je passerais te prendre et...

— C'est ça, parce que toi, Monsieur, tu commences plus tard, moi je dois marcher au travail. C'est fin de ta part. T'aurais pu m'avertir.

— Écoute, énerve-toi pas comme ça. Je croyais que tu avais compris que je ne passerais pas te prendre, mais si tu veux un tour, je vais y aller tout de suite.

— *Thanks, but no thanks!* J'ai téléphoné à la *business* de mon père et il a déjà envoyé un de ses employés me chercher.

— Et c'est pour me faire la morale que tu m'appelles à matin ?

— Oui... mais en fait, non ! *Anyway,* je suis vraiment déçue de ton attitude de macho. Je voulais te dire que j'ai organisé une sortie ce soir avec Kevin et son amie pour aller voir un film d'horreur, au Colliseum, sur Carling à Ottawa.

— Bon, tu sais déjà que je travaille jusqu'à sept heures à soir, Lo.

— Je sais. On ira au *show* de 8 h 30. Tu auras amplement le temps de te préparer et je passerai te prendre à huit heures moins quart.

— As-tu l'auto ?

— Oui, ma mère me passe son Highlander. Cette fois, ne sois pas en retard. Je dois partir. Ma *ride* vient d'arriver.

Avant que je réussisse à placer un mot, la communication a été coupée. Réfléchissant, je me dis : « En voilà une façon d'aborder les gens. Elle m'engueule sans me dire bonjour. Elle m'oblige à une sortie un dimanche soir et elle raccroche sans me saluer. Quelle impertinence ! Va falloir s'asseoir et se parler. Je ne suis que son copain et elle veut déjà me contrôler comme une marionnette. »

Une voix me tire soudainement de ma rêverie. Alicia, ma sœur cadette, est plantée devant moi, mâchant grossièrement une énorme gomme balloune.

– John, *Mom* veut savoir si tu travailles à matin !

Quand elle fréquentait l'école élémentaire, la communication était plus facile. Elle m'écoutait avec respect. Alicia a quatorze ans et en est à sa première année au secondaire. Comme plusieurs filles de son âge, elle veut paraître plus vieille. En tout cas, elle s'habille pour provoquer et attirer les regards des gars plus vieux. Depuis son arrivée au secondaire, elle accorde beaucoup trop d'importance à son *look*. Parfois même, je la vois à l'école portant des vêtements autres que ceux qu'elle avait le matin en quittant la maison. Pourtant, elle n'a pas besoin d'agir ainsi. Elle est jolie avec ses longs cheveux blonds et ses yeux bleus. Elle ressemble beaucoup à ma mère. Ce que je fais, elle veut le faire aussi : m'accompagner dans mes sorties, fréquenter mes amis. Mais non, je refuse catégoriquement. « Tu as des amis de ton âge. Achale-moi pas avec ça ! C'est non ! » Je l'aime bien ma sœur, mais il est hors de question qu'elle me suive comme un chien de poche pour ensuite aller rapporter tout ce que je fais à ma mère. Dernièrement, la tension est palpable entre nous deux, parce que ma chère petite sœur, courtisée par le beau Matthieu Boudreau, répond favorablement à ses avances. Elle est amoureuse, la pauvre. Ce gars de 18 ans, en fin de secondaire depuis deux ans, jouit d'une grande popularité auprès des filles, mais en coulisse, on lui attribue une très mauvaise réputation. J'essaie de faire entendre raison à ma petite sœur. Tâche des plus ardues!

— Non, Alicia, je ne commence pas avant une heure cet après-midi, et arrête de chiquer de la gomme comme les vaches de Pépère, c'est mauvais pour tes dents.

— Je mâcherai de la gomme quand ça me tentera! C'est quoi cette boîte-là?

— Rien. Des vieux papiers de Pépère! Je ne les ai pas encore regardés.

— *I want to see them.*

— Premièrement, parle-moi pas en anglais...

— Lois le fait tout le temps...

— Lois, c'est ma blonde et toi, t'es ma sœur. Ton nom est Alicia Ménard, pas Lois Macdonald.

— *So what!* Tu parles toujours anglais avec tes amis à l'école.

— C'est pas vrai. Je parle souvent en français.

Je dois me justifier. Normalement, je n'en ferais pas un plat, mais que ma petite sœur ose parler anglais, chez moi, à portée de voix de ma mère... cela me dérange beaucoup. J'enchaîne avec :

— Quand je suis avec Jess, je parle toujours français. Toi, tu parles anglais continuellement, juste pour être *cool* auprès des autres. Si tu continues, tu vas perdre ton français.

— *Yes, Mom.* Je veux voir ce que tu caches dans la boîte.

— Je ne cache rien et non, je préfère passer à travers tout seul! C'est une affaire entre Pépère et moi, Anglaise manquée.

– Pépère est mort, John. Arrête de parler comme s'il était toujours vivant. Je suppose que tu vas me dire encore que tu entends des voix ?

– J'aurais jamais dû t'en parler. T'es plus immature que quand t'avais dix ans !

– Je vais le dire à *Mom*. Tu capotes depuis qu'il est mort. T'es rendu un vrai « psycho » !

– Alicia, arrête de faire le bébé ! Porte-panier ! Maman n'a pas besoin de plus de stress qu'elle en a présentement.

Alicia tourne les talons et crie à Maman :

– *Mom*, John est en train de virer fou ! Il entend des voix dans sa chambre et dit que sa chambre est *haunted*.

Je ne réplique pas afin de ne pas jeter d'huile sur le feu. Quel matin tumultueux et déprimant ! Tout à coup, une pensée heureuse me vient. Je revis les moments réconfortants passés avec Jessica, lors du décès de Pépère. Je ferme ma porte de chambre, reprends ma boîte et sens à nouveau la présence qui m'habite depuis...

– John, j'ai à te parler ! Est-ce que tu viendrais à la cuisine, s'il te plaît ?

Je reconnais la voix de ma mère et comprends, à son ton, que ma chère petite sœur a déversé sur elle sa frustration, à cause de mon refus d'approuver sa relation avec Boudreau. Encore une fois, je dois remettre à plus tard l'ouverture de ce legs... Je tressaille quand, sur mon cou, je sens comme le souffle chaud de quelqu'un. Il se passe encore quelque chose d'anormal. Je le savais, je le sentais : ma sœur a raison, ma chambre est possédée, hantée. Le poil se dresse sur mes bras. Une peur obsédante m'envahit. Je suis figé et ne peux répondre à ma mère. Cette fois, j'entends clairement le murmure :

– Ouvre la boîte.

C'est comme une voix d'outre-tombe, grave, caverneuse, posée, attirante autant qu'affolante. Je tremble. Il y a un fantôme dans ma chambre. Personne ne me croira. Je ne peux dévoiler ce qui se passe ici. Des sueurs froides me coulent dans le dos. L'insistance de ma mère me tire de cet état somnambulesque :

– John, je t'ai posé une question !

Je lui crie instinctivement :

– J'arrive, Maman !

… mais je n'ose pas bouger. De longues secondes passent et je sens toujours dans mon cou la respiration régulière et moite d'une personne ou de ce que je crois être une personne. Je deviens de plus en plus angoissé. Et encore, j'entends la même voix :

– Allez mon grand, ouvre la boîte !

Je crois rêver ! Mes yeux se mouillent et la chair de poule me fait frémir. J'entends mon cœur battre frénétiquement dans ma tête. Ma crainte obscure se concrétise, car je crois reconnaître la voix de…

– John, ne me fais pas répéter, crie ma mère.

– Oui, oui, Maman, donne-moi deux minutes.

Impulsivement, j'ouvre la boîte. Une présence glacée m'enveloppe. Je ne me sens pas bien. Cette peur viscérale persiste. Quelque chose d'incompréhensible se passe. Il y a une communication qui se fait. Je ne sais ni comment, ni d'où cela provient. Je tremble. Je frissonne. Des bruits, des paroles, des notes de musique, des odeurs même, viennent à ma rencontre. Le souffle s'éloigne enfin de mon cou. Le calme s'établit autour de moi. Une sensation de bien-être m'envahit et se répand partout dans ma chambre. Il y a quelqu'un d'autre que moi ici et je ne sais pas qui. Cela m'intrigue au plus haut point. Je dois garder le secret, surtout devant ma sœur. Je prends le premier article de journal sur le dessus de la boîte, la referme, la range machinalement comme si une force surnaturelle me faisait agir. Je dépose l'article sur ma table de nuit. Je lis :

Le Droit – RÈGLEMENT 17

Une chose m'étonne : à ma dernière rencontre avec Pépère, il m'a dit, qu'un jour, il me raconterait le Règlement 17. Est-ce un hasard ?

Je me lève, prends trois grandes respirations pour me refaire une contenance. Je sors de ma chambre en m'assurant de bien fermer ma porte, avant d'aller rencontrer ma mère, désespérée de son fils. Personne ne doit se rendre compte de ce qui se passe. Je dois rester calme. En descendant l'escalier, je lis mes textos et réponds à Kevin au sujet du film de ce soir. J'entre dans la cuisine.

— C'est pas trop tôt! Quand toi tu veux quelque chose, c'est tout de suite, mais quand on te demande quelque chose, c'est quand Monsieur est prêt.

En haussant le ton, ma mère lance, dans tous ses états :

— Et en plus, tu vas me serrer ton téléphone avant que je te le confisque!

— Voyons Maman, qu'est-ce qui ne va pas à matin ? As-tu eu d'autres mauvaises nouvelles du médecin ?

— « Ce » matin, John. Combien de fois faut-il que je te le répète ?

Il y a deux semaines, Mariette, ma mère, a reçu un diagnostic de cancer du sein. La bataille ne fait que commencer et je ressens beaucoup d'empathie pour elle. Je l'aime et je ne veux pas la perdre, surtout que Papa est parti si jeune, et maintenant, Pépère. Au seuil de la ménopause, elle acceptait déjà assez mal de vieillir. Ma mère vit durement la situation. Je la trouve particulièrement acerbe depuis la fatidique nouvelle.

— Oui, Maman, je sais. On dit : « Ce » matin. Et ta santé ?

— Ne dévie pas du sujet, John. Il ne s'agit pas de moi, mais de toi. Qu'est-ce que cette histoire de voix que tu entends ? Depuis la mort de grand-père Ménard, tu n'es plus le même. Fais-tu une dépression ? Tu sais, une dépression chez les ados, c'est très dangereux, et cela peut refaire surface dans la quarantaine. John, cela peut même conduire au suicide. Est-ce que tu veux m'en parler ? Est-ce que tu veux consulter ?

Elle utilise le même stratagème que moi et me bombarde de questions. Assise au comptoir-déjeuner de l'îlot de la cuisine, Alicia sourit en savourant à petites gorgées son jus d'orange. Je peux lire dans ses yeux : « Voilà mon grand frérot, débrouille-toi avec celle-là. »

Je réponds à son regard :

— Merci Alicia de t'inquiéter de mon bien-être avec autant de ferveur. Maman, je suis correct. Je ne suis ni fou, ni en dépression. Je vis le départ de Pépère, c'est tout. Et, non, je n'ai pas besoin de consulter. Ne t'en fais pas, tout va bien.

— Écoute John, Alicia me dit que...

Mon téléphone sonne. Silence. À l'expression de ma mère, je comprends :

— Ok, ok ! Pas de panique. J'réponds pas et je le ferme. Voilà ! Excuse, Maman. Continue.

Ma mère respire profondément et, en marquant chaque mot, elle reprend :

— Je disais qu'Alicia m'a laissé savoir que tu entendais des voix dans ta chambre. Si tu veux voir un psychologue, c'est correct. Parfois, il faut consulter et ensuite, on peut mieux voir le problème.

— Non, Maman. Je n'ai rien contre les psychologues, mais si j'ai besoin d'en consulter un, je t'en parlerai.

— Regarde Cathy, la mère de Lois avec qui je joue au bridge… Elle me confiait qu'elle consulte son psy régulièrement.

En pensant à la mère de Lois, je pourrais faire quelques remarques au sujet de son comportement bizarre. Par exemple, un jour où je suis entré chez Lois, j'ai vu sa mère assise par terre en tenue légère, au milieu du salon, de la boue sur la face, des concombres sur les yeux, en train de faire de la méditation. De plus, il y avait de la musique *New Wave*, des chandelles allumées partout et de l'encens qui brûlait. Ce n'est pas le genre de mère à laquelle je suis habitué… mais je sens que ce n'est pas le moment de partager ces renseignements avec la mienne. Je lui dis tout simplement :

— Tant mieux si elle bénéficie d'un traitement, mais je te le répète…

Ma sœur ne peut se retenir d'ajouter son grain de sel.

— Moi, je pense que ce serait bon pour toi John, dit-elle tout bonnement en quittant la salle. Elle ondule des hanches, évidemment fière d'avoir placé dans l'eau chaude son grand frère qui sait tout, qui connaît tout.

Je pense justement à ce qui vient de se dérouler dans ma chambre et je ne me sens pas prêt à partager mes secrets avec ma mère. Je veux aller au bout de mon expérience et jouer la carte de l'innocence, pour le moment. Me justifier autrement s'avère l'option la plus plausible. Je me lance :

— Franchement Alicia, je vais prendre mes décisions moi-même. En passant Maman, Alicia parle toujours anglais, à l'école et même à moi à la maison. De toute façon, c'est une autre affaire. Bon voilà. Tu sais, Maman, je passe beaucoup de temps à étudier dans ma chambre et je suis souvent fatigué parce que je travaille et je vais à l'école. C'est ma dernière année au secondaire et je veux bien réussir, au cas où je déciderais d'aller au collège ou à l'université.

Ma mère s'est laissé choir sur une chaise et sa lèvre inférieure commence à trembloter. Je vois bien que ça ne va pas. J'ajoute tout doucement :

— Je t'aime Maman et si quelque chose me tracasse, je vais t'en faire part. C'est promis. Surtout, ne t'inquiète pas trop pour moi.

Tout en larmes, elle me répond :

— Je ne sais pas ce qui se passe John, mais si je partais, il faudrait que tu sois capable de voir à Alicia. Je ne sais si… j'aurai… la force de… passer au travers.

L'aveu est rempli de sanglots. Quand je m'approche, ma mère s'effondre dans mes bras et je lui souffle à l'oreille :

— Je vais t'aider Maman, tu verras, tout va bien aller.

Je console ma mère longuement. De son côté, elle balbutie des paroles quasi inaudibles. Ma mère manifeste sa crainte de l'avenir. Je sais que la vérité au sujet des voix, de mon état et de mes préoccupations personnelles n'aiderait nullement à gérer la situation déjà tendue. Je préfère vivre mon problème sans le partager avec elle, qui porte sur ses épaules le poids de sa vie entière, menacée par le mal du siècle, le cancer.

CHAPITRE 7

Film d'horreur et disputes

Après mon quart de travail, je me prépare rapidement, pour l'heure prévue. Le Highlander arrive en trombe, en retard, devant la maison.

En montant dans la voiture, je dis :

— *Hi!* Lo, Kev, Jess!

J'indique l'heure à Lois, sur mon iPhone.

— Quinze minutes en retard, *my dear* Lois Macdonald.

Elle ne me trouve pas drôle et démarre aussi rapidement qu'elle est arrivée.

— Ce n'est pas moi, mais Jess qui n'était pas prête.

— Lo, mon frère, Bouboule, était dans la salle de bain et je devais attendre mon tour, se défend Jessica.

— Bon, fais-je, les frères et sœurs se sont passé le mot pour nous faire chier aujourd'hui.

— Moi je suis bien, seule, avec ma propre salle de bain, répond Lois.

— *Wow!* Attention à la marquise Lady Lois de Barrhaven, dit-on en chœur.

C'est une farce que nous utilisons à répétition. Un éclat de rire collectif s'ensuit.

— C'est pas ma faute si *my dad is rich and famous*, reprend-elle, toujours d'un ton arrogant.

Arrivés au cinéma, nous optons pour la suggestion de Lois, soit *The Apparition*. Le film traite d'un groupe de jeunes des années 1970, qui font appel à des fantômes et réussissent à communiquer avec eux. Des années plus tard, ces expériences reviennent hanter les jeunes, devenus adultes. Depuis les incidents dans ma chambre, je vois les choses différemment de mes amis. Tout au long du film, je me sens mal à l'aise devant cette situation quelque peu semblable à celle que j'ai vécue dans ma chambre, plus tôt dans la journée. Est-ce que je vais être hanté par des esprits toute ma vie ? Reviendront-ils plus tard ? Lois, au contraire, raffole de ce genre de film, qui la stimule. Dans l'obscurité de la salle, elle me manifeste son enthousiasme par des caresses qui m'indisposent. Quand les fantômes apparaissent, la face déformée et pleine de sang en râlant des phrases comme : *I want you. I'm already under your skin...*, Lois se blottit contre moi et me serre à m'étouffer. Un peu plus et nous serons les deux dans le même siège. Ma gêne augmente, surtout que Jessica et Kevin occupent les sièges voisins. De leur côté, tout semble très calme. Je change de position régulièrement, mange mon maïs soufflé, enfin, je fais tout pour ne pas qu'on remarque mon inconfort.

Après la représentation, c'est le resto, un classique de nos sorties. En réalité, je voudrais rentrer, surtout un dimanche soir. J'ai un devoir à remettre et de l'école demain. Perdu dans mes pensées, j'entends vaguement les autres discuter des fantômes et des esprits qui reviennent après leur décès.

— John, tu y crois toi aux esprits ? me lance Kevin.

Je veux éviter le sujet à tout prix, surtout après ce que j'ai vécu plus tôt dans la journée. La farce est donc la meilleure échappatoire.

— Kev, je n'en ai jamais rencontré dans les couloirs de l'école. Je ne sais pas vraiment.

— Moi, j'y crois. Je pense qu'on devrait se rencontrer et organiser une séance pour en appeler un, réplique Lois.

— Oui, oui ! Un soir de pleine lune, et j'apporte mon *Ouija-board*, continue Kevin.

— On devrait se rendre dans un cimetière pour le faire, ajoute Jessica.

Je vois une autre Jessica que celle qui est venue me réconforter, lors du décès de Pépère.

— Moi, je trouverais cela excitant d'avoir un ami fantôme. Ce serait *cool*, affirme Lois. Imagine... avoir un *handsome guy ghost* qui apparaît et disparaît quand tu veux... *you know what I mean*.

— *Sure.* Avec un couteau pour te couper en morceaux ou une corde pour te pendre avec lui ; au pied de l'arbre pousseraient des mandragores pour les sorcières ou...

— *Stop it Kev !* l'arrête Lois. Tu ne dis rien, John ?

— Je ne pense pas que c'est une bonne idée, Lo. C'est pas mon genre de faire ce type de chose. De toute façon, je dois rentrer et il est tard. On se reparle plus tard.

– Moi aussi, approuve Jessica. Ma mère m'a dit de ne pas dépasser 11 h 30. Alors, on se voit à l'école demain.

– *Party poopers!* Je vous laisse en passant, proteste Lois, contrariée.

Nous sommes tous rentrés et je me retrouve finalement seul dans ma chambre, à réfléchir. Mon attitude face à Alicia refait surface. En repensant à ce que je lui ai dit au sujet du français, je ne me reconnais plus. Alicia avait raison : plus souvent qu'autrement je parle anglais avec mes amis et, bien sûr, avec Lois.

Ça me fait penser à un incident survenu dans la classe de français, un vendredi après-midi où Monsieur Myre était vraiment relaxe. Tous étaient à la tâche et travaillaient en duo, sauf moi car mon ami Kevin, comme d'habitude, n'était pas encore arrivé. Dix minutes après le début des classes, il a fait son entrée.

« Tiens, le v'là notre Justin Biber », me suis-je dit. Eh oui ! C'est ainsi qu'on le surnomme en raison de sa ressemblance avec le chanteur vedette, de son charme et de sa popularité auprès des filles de l'école. Par contre, il est nonchalant et quelque peu irresponsable. Lorsqu'il est entré en coup de vent, il a marché rapidement pour me rejoindre au fond de la classe. Il a regardé le prof un instant et lui a lancé :

– *Sorry Sir, I'm late!*

Tous les élèves ont levé les yeux pour regarder Monsieur Myre, qui restait là muet. Son visage était crispé et ses joues devenaient de plus en plus rouges. Il a regardé dans notre direction un instant et s'est écrié :

– Désolé, je suis en retard, Monsieur. Il me semble que ce n'est pas trop difficile !

Kevin s'est contenté de répéter :

– *Sorry, I'm late.*

L'enseignant s'est levé brusquement et a marché comme un automate en notre direction.

– Kevin ! Je ne sais pas si tu le fais exprès, mais je suis vraiment déçu !

Le silence a été interminable. Kevin a gardé la tête penchée, n'osant pas croiser le regard du prof. Il s'est contenté d'afficher un sourire nerveux. Tous appréhendaient le pire, ce qui n'a pas tardé.

– Expliquez-moi votre logique ! Vous n'êtes pas très brillants. Dans une école française, par surcroît dans un cours de français, il me semble qu'on devrait faire un effort ! Mais, non ! Vous vous entêtez à parler anglais ! Maintenant, on ajoute l'injure à l'insulte. On s'adresse à moi en anglais ! Toi, Kevin, tu restes après la classe. On a à se parler ! Et vous, reprenez tous vos sièges, nous allons faire une dictée.

La plupart des élèves ont trouvé cet incident banal, presque routinier. Tous ont pris un air moqueur car, malgré tous les sermons et arguments logiques qu'il s'époumonait à répéter, rien n'y faisait. Plusieurs de mes camarades de classe n'y accordaient pas trop d'importance, moi le premier.

Je ne peux pas me vanter d'être un fier Franco-Ontarien, car ma copine Lois Macdonald est anglaise et je parle tout le temps en anglais avec mes amis. J'entendais souvent le même discours de la bouche de mon père : « Dans ma maison, on parle français ! »

Je ne suis plus certain de rien. Dans ma tête, l'épisode de Kevin laisse place au devoir de littérature sur une œuvre de Maupassant, *Le Horla*[1]. Monsieur Myre nous l'a présenté en classe comme un maître de la nouvelle et du conte fantastique. Aux dires de notre prof, il démontre une grande maîtrise stylistique. Il connaît un énorme succès avec ses recueils de nouvelles fantastiques. Ses textes sont étudiés partout à travers la francophonie mondiale. Malheureusement, il sombre dans la folie et meurt à quarante-trois ans. Je ne connaissais pas cet auteur. Toutefois, j'aime le fantastique. Alors, je l'ai choisi comme sujet de recherche. J'ouvre mon ordinateur et j'entends mon iPhone qui m'annonce un texto. Nonchalamment, je regarde qui écrit. C'est Jessica.

Btw[2] John, j'ai remarqué ton
malaise au cinéma.

Étonné, je renvoie le message suivant :

J'apprécie ta sensibilité.
Tu as raison.

Etk, si tu veux en parler, c'est *cool*,
je suis là.

Merci, avec toi, peut-être.

Quand ?

------

1. *Le Horla* est le titre de la plus célèbre nouvelle fantastique de Guy de Maupassant (1850-1893), dans laquelle le héros est sujet à des apparitions ; il nommera son fantôme « le Horla ». Il en est traumatisé et l'angoisse du narrateur se transmet au lecteur, ne sachant jamais si cette présence est réelle ou non.

2. Voir le glossaire des textos, p. 231.

Demain, après le cours de
chimie. Libres ensemble.

Super, à ton casier, demain.
Bonne nuit.

Bonne nuit... Lol

J'éteins et reviens à mon travail sur Maupassant. La recherche consiste à rédiger une étude comparative des deux versions du texte *Le Horla*. L'auteur écrit une première version en 1886 et une deuxième en 1887. Les deux seront publiées. Je trouve cela intrigant. Je dois trouver les différences entre les deux et les raisons motivant la création de ce deuxième texte. Je me dis que décidément, je suis dans le thème. Un homme sent une présence chez lui, un fantôme. Il voit des formes bouger et des scènes se dérouler pendant son sommeil. Je me concentre sur mon travail, jusqu'au passage où l'homme ne voit plus son reflet dans le miroir. Il croit devenir fou. Je regarde l'heure : 1 h 11. C'est étrange que ce soient trois chiffres identiques. Est-ce une coïncidence ? Je tombe de sommeil. Je ferme le tout et je me couche. En m'allongeant, je règle l'heure de mon réveil sur mon cellulaire, le dépose sur ma table de chevet et remarque l'article légué par Pépère, oublié là ce matin. Je m'endors... je crois !

CHAPITRE 8

Incertitudes

Tout autour de moi, des gens circulent comme sur un carrousel de cirque. Par contre, il n'y a ni chevaux, ni musique. Je suis perplexe. Tous sont habillés de façon étrange. Je conclus qu'ils viennent d'une autre époque, d'un passé quelconque.

Curieusement, les gens semblent irréels, mais sympathiques, enfin, presque tous. Parmi eux, une figure domine les autres ; je vois le spectre de Pépère. Oui, oui, mon Pépère, celui qui est mort le 5 avril dernier. Celui que j'ai vu dans son cercueil. Celui que j'ai vu descendre dans la terre, puisque l'hiver a été doux cette année. Je le vois vraiment. Est-ce que je dors ? Est-ce que je suis réveillé ? Est-ce le fantôme de Pépère qui m'apparaît ? Tout autour, les personnages passent, mais Pépère reste immobile au-dessus de moi. Son apparence dépasse le réel. Je le vois, translucide. Je pourrais étendre le bras et le toucher, mais je n'ose pas. Un silence apaisant règne. Soudain, tous se mettent à parler en même temps, dans une cacophonie incompréhensible. J'ai une indescriptible sensation de légèreté et je crains de comprendre que je suis passé dans un autre monde. Est-ce l'effet du film que j'ai vu ce soir ? Ou du travail sur Maupassant ? J'essaie de me concentrer pour comprendre. Impossible. Pourtant, je peux discerner du français et de l'anglais. Le silence revient quand une jeune femme se détache du groupe et tend la main à Pépère. Celui-ci la prend en articulant un nom, sans émettre un son. Pourtant, j'ai bien saisi le nom de la jeune femme : Florence. Je peux donc entendre parler sans qu'aucun son ne soit prononcé. Est-ce que j'entends des fantômes ? Suis-je en train de virer fou ? La dame me semble douce et accueillante. Une lueur l'entoure et son sourire resplendit. Qui est cette Florence ? Pourquoi donne-t-elle la main à Pépère ? Qui sont ces gens ? Des spectres ? Tant de questions et aucune réponse. Personne ne m'entend ! Je me mets à crier pour me faire comprendre…

— *John, John, you're dreaming.* Tu vas réveiller *Mom*, me chuchote Alicia en me brassant pour me réveiller.

— Hein ? Quoi ? Qu'est-ce que tu fais ici ? Où suis-je ?

— John, tu parlais dans tes rêves. J'ai entendu des bruits et je suis venue te réveiller.

— J'ai dû faire un cauchemar. Ouf, je suis tout mêlé.

— Tu veux m'en parler, John ? Qu'est-ce qui se passe ? *Come on, tell me.*

Je sais que les confidences à Alicia doivent être mesurées au compte-goutte, alors je suis prudent.

— Non, non, c'est rien. Un mauvais rêve, c'est tout.

– Voyons, t'es choqué parce que j'ai tout raconté à *Mom*. J'y dirai plus rien, promis. *Cross my heart...*

Je lui lance, d'un trait :

– Ok ! J'ai vu un gros fantôme avec un énorme couteau et il voulait trancher la gorge de ma petite sœur. C'était Matthieu Boudreau.

– *Go to hell*, John Ménard. T'es juste pas drôle. J'te parle pu ! proteste-t-elle en sortant.

Débarrassé de ma sœur, je me ressaisis et j'essaie de voir clair dans toute cette histoire. Je me souviens du nom de Florence, du spectre de Pépère, des visages... La fatigue gagne du terrain et je sombre à nouveau dans les bras de Morphée.

*　　*

*

Mon iPhone se met à sonner et Alicia, pour se venger, le prend et le tient tout près de mon oreille, le volume au maximum. Elle me crie :

– John, je ne veux pas être en retard à l'école, alors lève-toi, paresseux.

– Laisse-moi dormir. Je ne vais pas à l'école à matin.

– *Mom* ! John veut *skipper* ses cours et moi, j'ai besoin d'un *lift* pour aller à l'école. Il n'est pas question que je prenne le *bus*, c'est pour les *losers* ça.

Maman entre :

– Alicia, ton frère ira à l'école et s'il te plaît, ne m'appelle pas *Mom*, mais Maman. De plus, *losers*, c'est anglais comme *skipper* et comme *lift*. Dis au moins que c'est pour les perdants.

– Ça veut pas dire la même chose. Un *loser*, c'est un *loser*, c'est pas un perdant.

– Arrêtez ! Vous me cassez les oreilles. Ok, ok, je me lève.

Maman ajoute :

– Alicia, tu rentres tout de suite après les classes aujourd'hui. J'ai des tâches à te donner.

– Ah ! Je ne peux pas... Euh... Je vais chez Mireille pour un projet en histoire, s'objecte-t-elle en sortant de la chambre, Maman à sa suite.

De ma chambre, je lui jette :

– Quel projet d'histoire ?

– Ben, de quoi tu te mêles, le frérot ?

Ma mère ajoute :

– Eh bien, moi, cela m'intéresse au plus haut point. De quel projet s'agit-il, Alicia ?

Je sors la tête de ma chambre, en arborant un grand sourire, et lance :

– Tu n'as même pas de cours d'histoire ce semestre, menteuse.

– Ah, vous me faites chier avec vos enquêtes. Laissez-moi donc vivre ma vie. Pis, j'ai pas besoin de vous autres. *I'm so sick of living here!* Des fois, j'aurais envie de sacrer mon camp. Pis, j'vas prendre le *bus*, crie-t-elle en claquant la porte de sa chambre.

Ma mère et moi restons figés quelques instants et ensuite, je la rassure :

– Je m'en occupe, Maman. Quatorze ans, les émotions à fleur de peau... Laissons la tempête se calmer un peu.

Je me retire dans ma chambre pour réfléchir et finir de me réveiller. Depuis le décès de mon père, il y a près de trois ans, ma mère a pris la relève courageusement. Elle me dit souvent :

— Tâche d'être un modèle pour ta sœur! Tu es l'homme de la maison maintenant!

J'ai beau être l'aîné, mon rôle et mes responsabilités se limitent à donner le bon exemple — et ce n'est certainement pas en m'imitant qu'Alicia l'aura — et à faire les petits travaux de la maison, qui demandent un peu de force physique. Je suis bien bâti pour mes dix-huit ans. Je mesure six pieds un pouce, pèse 180 livres et je suis fort comme un « joual ». Je ressemble beaucoup à mon père, physiquement. J'ai plusieurs de ses traits. En fait, je ressemble à tous les Ménard, même à Pépère. À part cela, je n'ai rien de l'homme de la maison. Je suis à la fin du secondaire et je travaille chez Walmart les fins de semaine. Quand on me demande ce que je veux devenir plus tard, je me contente de répondre vaguement :

— Je ne sais pas vraiment. Je vais sûrement poursuivre mes études, mais je ne sais pas encore dans quel domaine.

Et c'est vrai. Je n'en ai aucune idée, comme la plupart de mes amis, d'ailleurs. Kevin n'en a pas d'idée non plus. Quand je lui demande :

— Tu fais quoi toi, Kevin, l'an prochain ?

Il répond :

— Je n'y ai pas vraiment réfléchi.

Si j'insiste :

— Tu sais qu'il ne nous reste que quelques mois pour décider si on s'inscrit au collège ou à l'université.

Il marmonne :

— Ouin, je pense que je vais m'inscrire à l'université, car j'ai une folle envie de devenir prof de français au secondaire et, un jour, de remplacer Monsieur Myre.

– Ah oui ! Je te vois déjà en train de bougonner à tes élèves : « Ici, on parle français ! » et piquer une crise de nerfs.

Ces questions au sujet de mon avenir m'agacent énormément. Je change d'idée constamment. Mes plans changent du tout au tout d'une semaine à l'autre. N'empêche que l'heure des choix et des décisions approche. Il faut que je cesse de remettre ma réflexion à plus tard et que je prenne une décision. Mon avenir, c'est maintenant qu'il faut que j'en décide. *My God*, c'est pas facile ! Je ne sais même pas si je devrais faire mes études en anglais ou en français. À l'Université d'Ottawa ou à l'Université Carleton ? À la Cité Collégiale ou au Algonquin College ? Et dire que c'est moi qui dois m'occuper de ma sœur !

CHAPITRE 9

Histoires d'amour

Il fait nuit et le froid m'envahit. Je regarde dehors, il n'y a ni lune, ni étoile. Les ténèbres dessinent des ombres que le vent promène dans son emprise étouffante. Un hibou hulule et passe devant ma fenêtre. Je la ferme et... je me rends compte que le vent continue dans ma chambre. Les rideaux bougent lentement, sans arrêt. Une peur rampante s'infiltre dans mes veines, glace mon sang. Je regarde tout autour. Je sens une présence se déplacer, tantôt dans un coin, tantôt dans l'autre. Je suis certain qu'il y a quelqu'un. Mes yeux craintifs cherchent des signes. Il y en a partout, sur mon ordi, sur mon iPhone, partout. Sur le vent s'échappant de ma fenêtre fermée, j'entends le spectre de Pépère murmurer : « Écoute attentivement. » Malgré moi, je me sens transporté dans un autre monde... Je la vois, cette Florence, assise à une grande table, en train d'écrire une lettre avec une plume et un encrier, à la lueur d'une lampe à l'huile. Où suis-je ?

* *

*

Le 2 juin 1912

Cher Louis,

Quel beau printemps nous avons eu. Je repassais les beaux moments vécus ensemble à la cabane à sucre de ton père. Tous étaient réunis autour d'une tâche commune : les Poirier, les Quesnel et les Ménard. Que c'était cocasse de voir le petit Wilfrid et la petite Irène essayer de transporter, à deux, une chaudière d'eau d'érable. Leurs pieds s'enfonçaient dans la neige et l'eau se déversait sur eux. Finalement, ils ont décidé que d'en boire un peu serait une meilleure idée. Et toi, qui m'avais fait une place à tes côtés pour la tournée de la cueillette avec ton cheval, Tit-Noir. Il t'écoute au mot, comme un chien bien dressé. J'apprécie toutes tes marques d'affection : tes mitaines pour remplacer les miennes, détrempées, et la cuillère sculptée dans une pièce de cèdre avec mes initiales, pour prendre sur la neige la tire dorée dont je raffole. Je garderai ce souvenir à jamais.

Le temps des semences achève et déjà, en me rendant à l'école, je suis enivrée par l'odeur du foin fraîchement coupé, parfum de l'été qui s'annonce. Ton labeur rapportera à la grange cette nourriture essentielle aux animaux. Quelle belle saison ! Le beau temps, la chaleur, les longues soirées de clarté.

La semaine dernière, nous avons passé une merveilleuse soirée sur la véranda, mon chien Rover couché à mes côtés. Tu me demandais ce que je prévoyais pour l'an prochain et je ne pouvais encore te répondre. Hier, j'ai reçu une lettre de l'inspecteur des écoles, Mr. Jones. Sa demande de poursuivre l'an prochain m'a beaucoup flattée. La lettre est bondée de compliments au sujet de mon travail. Je sais que tu aimerais te marier bientôt. Tu m'en as encore parlé l'autre soir, sur la galerie, alors qu'on regardait le soleil se coucher. Par contre, je ne sais si je suis la meilleure personne pour devenir ton épouse. L'enseignement me passionne, Louis, et si je me marie, je devrai mettre un terme à ce travail. Je ne sais plus quoi choisir. C'est difficile pour moi! Je n'ai que vingt et un ans et ça ne fait que deux ans qu'on se fréquente. Tu sais que j'aimerais enseigner encore quelque temps. Évidemment, je ne te demande pas de m'attendre. Je sais que tu as bien hâte de t'établir et de fonder une famille. Je comprendrai si...

Enfin, il faut que je rende ma réponse à Mr. Jones dès la semaine prochaine. Louis, je me dois d'accepter le poste d'enseignante pour l'an prochain.

Merci de ta compréhension.

Je t'aime mon p'tit loup et t'aimerai à jamais,

Florence

*   *

*

Je tremble de froid ou d'effroi. Je suis fasciné par ce qui se passe. Est-ce réel? Est-ce mon imagination? Je ne sais plus. Au matin, je trouve la même lettre dans la boîte de Pépère. Je la plie et la mets dans ma poche. Je la montrerai à Jess.

– *Wow*, c'est *super cool* ça! s'exclame Jessica

– Je sais, j'en ai une pleine boîte que Pépère m'a laissée. J'ai même pas passé à travers encore. Jess, tu es la première à voir ce que Pépère m'a légué.

– Mais, c'est qui Louis ? C'est où ? Qu'est-ce qui se passe au juste ? Qui est Florence ? Est-ce qu'elle va le marier, son Louis ? *Man*, j'ai mille questions. Pas toi ?

– Absolument ! Pis c'est un peu pour ça que j'étais mal à l'aise au cinéma, la semaine passée.

Jessica et moi, on se rencontre régulièrement depuis une semaine, surtout pendant notre période libre. J'ai l'auto, on sort de l'école, on va au Tim's, au centre commercial ou ailleurs pour être seuls ensemble. J'apprécie beaucoup être avec elle. On s'amuse entre amis, pas plus. On discute, on rit, on a du plaisir. Vraiment, cela me fait du bien. Assurément, je ne l'amène pas à la maison, car elle n'est pas le genre de ma mère. Je ne m'en fais pas puisque derrière l'apparence de Jessica, je découvre une personne généreuse, agréable et attachante. Je peux discuter de choses que je ne réussis pas à aborder avec Lois.

– Pourquoi étais-tu mal à l'aise pendant le film, me demande Jessica ?

– La semaine passée, je ne t'ai pas dit toute la vérité, Jess. Tu sais les histoires de revenants et d'esprits qui reviennent après leur mort, genre… là ? Et bien… Je ne sais pas si je devrais te dire ces choses.

– John, tu peux me faire confiance. Je suis ton amie. Je t'ai même dit que je jouais un jeu devant Lois l'autre soir. Je ne crois pas vraiment à ça, moi non plus.

– Hum… c'est compliqué Jess. Moi non plus je ne crois pas à ça, mais…

— Mais quoi ? Tu en as vu un pour vrai ! Tu l'as entendu ?

— Oui, mais non ! Je le sais plus, Jess. Tu sais, j'ai fait une recherche sur Maupassant et sur le texte *Le Horla*. Ben… il y a des choses comme ça qui m'arrivent. Dans ma présentation à l'école, j'ai parlé du Horla, l'entité invisible qui tournait les pages du livre du narrateur. Seulement, moi, c'est mon ordi qui s'allume et ouvre le dossier de mon travail sur le Horla.

— *Freak me out, man*. C'est malade ! C'est *too much* ! *Cool ! Wow*, j'aurais jamais pensé ça. C'est moi qui suis habillée comme une *punk*, pis toi, t'es le *straight*. On croirait facilement que moi je communique avec des esprits, mais c'est toi qui penses en avoir vu… C'est le monde à l'envers !

Elle rit de bon cœur.

— Faut pas se fier aux apparences, Jess. De toute façon, je ne suis certain de rien pour le moment. Tout ce que je dis, c'est qu'il y a des choses bizarres qui se passent dans ma chambre. Je ne peux pas t'en dire plus.

— Je veux y aller avec toi, John. Si les esprits existent, c'est avec toi que je veux les rencontrer, affirme-t-elle, avec un beau sourire.

— Des fois, tu me gênes ! T'es trop gentille avec moi !

— Dis pas ça, John. Si ma mère t'entendait, elle ne te croirait jamais.

— Parlant de mère, pour la visite de ma chambre, va falloir attendre un peu. Tu comprends, j'espère ?

— Pas de problème ! Peut-être plus tard, si je me déguise en Lois !

– Oh ! Touché ! Mais attention, Lois, c'est encore ma blonde.

– C'est une *joke* !

– Jess, je voudrais aussi te parler d'une autre chose.

– Vas-y, John ! J'écoute.

– As-tu vu si Boudreau tourne encore autour de ma petite sœur ?

Elle reste saisie un certain temps et me dit :

– *Outch*, John, je suis pas sûre que je devrais te le dire, mais Monsieur Gravel les a *pognés* dans sa salle de théâtre, derrière les rideaux, en train de...

Je suis ahuri par la nouvelle. Estomaqué, j'enchaîne en balbutiant :

– De... quoi ? Dis-moi pas qu'il était en train de la...

– *Woh ! Woh !* John, respire.

– J'vas y casser la *yeule*, si jamais y...

– Non, non, saute pas aux conclusions ! Je suppose que Monsieur Gravel est arrivé à temps. Ils faisaient juste s'embrasser. C'est Nathalie qui m'a tout raconté. Toute l'école le sait, John.

– Évidemment, sauf son frère !

– C'est sûr que personne irait te dire ça, sauf... une amie !

Elle me fait un clin d'œil.

– Puis, ne t'en fais pas trop, il faut qu'elle fasse des niaiseries elle aussi. Souviens-toi de ta 9ᵉ année, John. On n'était pas des anges !

– Justement, je ne veux pas que ses conneries aient des conséquences trop graves.

– Je comprends. Je garderai un œil ouvert et une oreille attentive.

– Merci, Jess. Il faut y aller ! On va être en retard pour notre cours de français.

En partant, Jess reprend :

– J'haïs ça ! Kev est assis à côté de moi, pis il me dérange tout le temps. Ça m'énerve.

– Je pensais que c'était ton *chum* !

– Dernièrement, y'est pas *cool* ! *Whatever!* On y va.

En entrant à l'école, Jessica part de son côté et moi du mien. En tournant le coin du couloir des cours de langues, j'aperçois Kevin et une autre fille, dont je ne vois pas le visage parce qu'ils s'embrassent passionnément à l'ombre d'une porte de casier. Pas très discret ! Du coin de l'œil, Kevin me voit et me tourne le dos rapidement. En même temps, la fille, Mélanie Dubreuil, me fait un beau sourire. Pas impressionné, je dis, intentionnellement :

– Salut Kev, je viens de voir Jess. Elle arrive dans la minute.

Il me répond d'un air moqueur :

– Ah ! Salut, John. Dis à Monsieur Myre « *I'll be late for class.* »

Riant tous les deux, ils s'éloignent ensemble et Jessica les dépasse, sans les regarder ni leur adresser la parole. Je commence à comprendre !

CHAPITRE 10

Le magasin général

Tard le soir même, réfugié dans ma chambre, je
suis encore habité par cette présence d'outre-
tombe. Je sors la boîte et j'entends un grincement
inquiétant provenant de ma fenêtre. Toujours en
tenant ma boîte, je m'en approche à pas de loup…
lentement. Le grincement revient de plus belle.
J'ai un mouvement de recul. Je ne reconnais pas
ce bruit et cela ne vient pas de notre cour arrière.
J'ose me rapprocher pour entrouvrir le store laté-
ral. Qu'est-ce qui se passe ?

Une vision prémonitoire m'apparaît. Je tremble,
je veux crier, mais je ne peux pas. Le souffle court,
je scrute la scène. Ce n'est plus ma cour, mais un
endroit inconnu. La pleine lune brille et ses rayons
éclairent une vieille grange. Près d'un puits, je vois
la silhouette d'un homme, grand, seul, qui pompe
de l'eau. À chaque coup de pompe, le grincement
se produit. Il prend un gobelet, le remplit d'eau
limpide et se tourne vers moi. Non ! Le spectre de
Pépère boit, me regarde et me dit :

— Relis la lettre de Florence Quesnel.

Machinalement, je m'assois sur mon lit, j'ouvre la boîte et je relis la lettre que j'ai rangée avec les autres. Je relève la tête et impulsivement, je ressens le besoin de parler à quelqu'un. Je prends mon téléphone et texte mes impressions à Jessica.

J'ai le goût de connaître cette Florence.

Moi aussi.

Tu penses sans doute que je suis fou? Lol

Pk? Jamais, John. Je te fais confiance.

Tbh, je crois que Pépère veut me dire quelque chose.

Cool!

Je ne sais pas où tout ça va me conduire.

Parfois, le risque est passionnant.

Je te trouve vraiment gentille.

Bonsoir, mon ami. Gtg.

Bonne nuit…

Je suis étendu sur mon lit. Le bruissement du vent dans les feuilles se met à me parler. Une voix de l'au-delà s'infiltre à travers les murs de ma chambre, presque inaudible au début. Je crois que mon imagination me joue de mauvais tours. Le vent ne parle pas vraiment, pourtant je me mets à comprendre les mots portés sur les feuilles. La voix devient de plus en plus claire. C'est une voix féminine. Je ferme les yeux pour mieux comprendre et

me retrouve dans ce qui me semble être une vieille
école de campagne. Florence me raconte comment
le Règlement 17 a bouleversé sa vie.

* *
*

— Quatre fois cinq ? Les élèves, répondez en
chœur.
— Vingt.
— Six fois neuf ?
— Cinquante-quatre.
Ensemble et à haute voix, mes élèves appre-
naient leurs tables de multiplication. Quel plaisir j'éprouvais à voir les visages de ces enfants
s'illuminer devant leur succès. Ils voulaient
tous atteindre l'excellence. Même le grand Léo,
seize ans et encore en troisième année, faisait des
efforts. J'éprouvais beaucoup de satisfaction et
tant de bonne volonté dépassait mes attentes. Malheureusement, je devais tout enseigner en anglais,
même si la vaste majorité des jeunes vivaient en
français à la maison. Issus de grandes familles
canadiennes-françaises, les parents avaient traversé la frontière du Québec et n'avaient plus accès
aux écoles françaises. Je voulais bien enseigner
en français aux enfants, mais le gouvernement de
la province de l'Ontario me l'interdisait, sauf une
heure par jour, tel que stipulé par la loi. Je vivais
beaucoup de frustration face à cette intolérance
du ministère de l'Instruction publique. De plus, je
venais de recevoir une autre directive à ce sujet.
Dès aujourd'hui, je devais lire et afficher le Règlement 17, dans mon école.

Profondément désolée de cette nouvelle contrainte, je demandai à mes élèves de ranger leur ardoise et de se lever. Ce qu'ils firent avec empressement.

Debout, devant ma table d'enseignante, dans un anglais parfait, je lus, très respectueusement :

— Aujourd'hui, le 25 juin 1912, le ministère de l'Instruction publique de l'Ontario entérine le Règlement no 17 interdisant l'enseignement du français dans toutes les écoles de la province.

Un silence de mort régnait. La petite Rita, les yeux pleins d'eau, leva la main.

— Oui, Rita. Qu'est-ce que tu veux me dire ?

— Mademoiselle Quesnel, je ne comprends pas l'anglais, moi. Je ne pourrai jamais être une bonne maîtresse d'école comme vous, affirma-t-elle tristement, du haut de ses sept ans.

Attristée, je lui répondis :

— Tu verras Rita, je t'apprendrai et un jour tu deviendras une excellente maîtresse d'école.

Je fus chavirée par leurs regards pleins de désarroi devant un fait accompli et d'impuissance devant une injustice. Chez certains, le regard de détresse fut suivi d'une colère tacite, qui grondait. À travers les yeux de mes enfants, j'entrevis une longue marche de détermination et de résistance. Un combat se dessinait à l'horizon et moi, devant eux, simple maîtresse d'école, je deviendrais une actrice importante de ce périple, si difficile soit-il.

— N'oubliez pas de dire à vos parents ce que je viens de vous expliquer.

— Mon père va être furieux, Mademoiselle. Je suis certain qu'il fera changer les choses, déclara Aurèle.

— Les vacances commencent dans trois jours
et vous aurez l'été pour discuter de tout cela, lui
répondis-je.

— C'est une bonne chose parce que nous
sommes en Ontario, ici, lança Alexander Mac-
Intosh avec arrogance.

Mes vingt-huit élèves francophones se tour-
nèrent vers lui qui souriait, défiant chacun d'eux.
Il venait de jeter de l'huile sur le feu. Je me devais
de calmer le tout.

— Alexander, tu resteras après les classes et
je ne veux pas de dispute entre vous à ce sujet.
Laissez les adultes s'occuper de la situation. Vous
devez apprendre à vivre ensemble. Allez, maintenant. La journée est finie.

En chœur nous chantâmes, fîmes une prière et
ils me souhaitèrent :

— Bonne soirée, Mademoiselle Quesnel.

Une fois seule avec lui, j'expliquai à Alexander,
le petit Écossais, mon appréhension face à son
attitude. Mon père m'attendit patiemment, assis
dans le *boggie*.

Préoccupé par la situation, papa m'indiqua
qu'il ne fallait pas se laisser décourager. Il voulait
que je l'accompagne, le soir même, pour parler à
son beau-frère, mon oncle Médéric Poirier, notre
voisin. Avant de rentrer, nous devions arrêter au
magasin général. Sur la route, au rythme du pas
du cheval, je pensai à Louis, mon petit loup, mon
prétendant, afin de chasser tous mes tracas.

Quand nous arrivâmes au magasin général de
Green Valley, un groupe d'élèves de l'école Lancaster n° 14 attendait près de la porte. Établie sur
la 8ᵉ concession, cette école se trouvait à proxi-
mité du village. Je les saluai chaleureusement et

leurs sourires m'indiquèrent qu'ils me connaissaient bien. Le petit Wilfrid s'avança au comptoir et y déposa une note, en silence. Il reprit sa place parmi les enfants. Hector, le propriétaire, jovial et bedonnant, la lut et lui répondit :

— Je pense qu'on a tout ça. Ça me fera plaisir, Wilfrid. Hermine, prépare le paquet pour le petit. Et vous autres, les enfants, vous arrivez de l'école ?

Hermine, grosse femme joufflue, intervint immédiatement en grondant comme le tonnerre.

— Hector, excite pas les enfants avec tes questions. Ces p'tits vlimeux-là risquent de défaire mes étalages. Je viens de finir de les placer.

— Voyons, Madame Hermine, les enfants ne sont pas méchants. Regardez comme ils sont sages.

— Vous êtes une jeune maîtresse d'école, vous Mademoiselle Quesnel. Attendez d'en élever une trâlée, vous allez changer d'idée.

— Mon Hermine parle fort, mais elle ne mord pas fort, lui lança Hector en riant à pleines dents.

Les enfants retinrent un fou rire évident devant la réaction de la grosse Hermine, comme ils la nommaient entre eux. Elle devint tout rouge, arracha la note des mains de son mari et, en se retournant, buta contre un bidon de mélasse et faillit s'étendre de tout son long devant les clients. Elle pesta contre celui qui n'avait pas encore replacé ce bidon. Pour ajouter l'injure à l'insulte, son mari reprit :

— Monsieur Hector va vous offrir un beau...

Hermine lui coupa la parole :

— Hector, tu vas pas les gâter en plus. Nos profits, Hector ! Nos profits, penses-y.

— Madame Huot, vos profits comme vous dites là, vous les amènerez pas au paradis, la taquina mon père en faisant un clin d'œil à Hector.

La réplique ne se fit pas attendre. Hermine passa devant Hector et lui enleva des mains le gros pot de verre rempli de friandises multicolores. Les enfants s'entre-regardèrent. Leurs yeux brillants perdirent leur éclat. Je pouvais lire la déception sur leur visage. Une telle occasion ne se présentait pas tous les jours. Un sentiment de tristesse et de compassion m'envahit. Je voyais ces beaux enfants maltraités par la mauvaise humeur de la tenancière du magasin. Ayant remis le paquet à Hector, elle me tira de ma réflexion, en me disant :

— Bon, Mademoiselle Quesnel, qu'est-ce que je peux faire pour vous aujourd'hui ? Passez-vous prendre le tissu que Georgina a commandé ?

— Oui, Madame Hermine. Ma mère m'a dit que ce serait arrivé aujourd'hui. Elle en a besoin pour faire des pantalons courts d'été aux garçons.

— Ça coûte cher les enfants aujourd'hui, c'est incroyable. Toujours en train de dépenser pour eux, ajouta-t-elle, en sortant pour aller dans l'arrière-boutique.

Pendant ce temps, Hector en profita pour plonger la main dans le pot de bonbons et courir à la porte, rappeler le petit Wilfrid.

— Tu partages avec tout le monde, Wilfrid, et surtout, ne le dis pas à Madame Hermine. C'est notre secret.

— Promis ! Merci Monsieur, assura le petit garçon, en courant à toutes jambes rejoindre les autres.

Au même moment, Hermine sortit avec le paquet enveloppé de papier brun et ficelé solidement. J'en profitai pour m'approcher du propriétaire et lui souffler à l'oreille :

– Vous êtes très bon, Monsieur Hector.

*   *
*

Je me promène dans un autre monde. Je vis ce que ces gens vivent. Cela dépasse tout entendement, c'est incroyable, voire impossible. Pourtant, j'ai la certitude de voyager dans le temps. Je suis donc transporté dans le passé ! Je recule de cent ans sans que ces personnes me voient, sauf le spectre de Pépère qui m'accompagne toujours.

CHAPITRE 11

Un règlement injuste

Tout en sueur, je me lève et regarde l'heure : 3 h 33 du matin. C'est étrange. L'air froid me glace le sang. Je fige. Je ne comprends plus rien. L'écran de mon ordinateur affiche : *Le Horla*. Pourtant, je suis certain de l'avoir éteint avant de me coucher. Ce n'est pas la première fois que la chose m'arrive; j'avais placé un feuillet autocollant sur l'écran indiquant : 11 h 30, mon ordi est fermé. Je me lève en frissonnant. La peur m'habite de plus en plus. Je rabats le couvercle et me recouche. La frousse m'envahit et je me blottis la tête sous mon oreiller. Un mistral surnaturel tourbillonne dans ma chambre glaciale et m'amène avec lui dans le passé. Je reviens au magasin général du petit village de Green Valley. Les villageois vivent réellement dans leur époque, tandis que Pépère et moi sommes des formes translucides et invisibles aux autres. Est-ce possible ?

* *

*

— En revenant de son école, ma fille Florence me disait que le gouvernement a coupé le petit peu de français qu'on avait, dans toutes les écoles de la province, dit mon père en sortant son porte-monnaie pour payer.

— Je ne sais pas au juste, Alexandre, mais depuis quelques années, les Anglais veulent pas que les Français ouvrent des écoles et ils nous empêchent d'enseigner not' langue dans celles qui existent. *Here, you have to speak English*, mon ami, répondit Hector avec un accent très prononcé.

Je protestai :

— Mais voyons, Monsieur Hector, on est des Canayens et on est maintenant plus nombreux que les Écossais dans la région. C'est tout à fait normal qu'on demande des écoles françaises pour nos enfants.

— Moi, j'aime pas la chicane, pis en Ontario, c'est en anglais. J'ai des clients anglais pis français et pour moi, c'est la même chose.

— Bon, Hector ! Mêle-toi pas de politique, s'il vous plaît. Mademoiselle Florence a ben raison. Elle est ben plus instruite que toi, pis c'est une maîtresse d'école. Elle doit ben le savoir, ce qui faut pour nos enfants.

— Ça c'est ben parlé Madame Huot, compléta mon père.

— Moi non plus, j'veux pas de chicane, Monsieur Hector. Mais, si vous aviez vu la désolation dans les yeux de mes petits élèves canadiens-français aujourd'hui, vous comprendriez que c'est une grande injustice, toutes ces histoires-là.

— Vous avez le cœur trop sensible, Mademoiselle Florence. Ça va vous jouer des mauvais tours.

Pendant qu'Hector parlait, un nouveau client était entré et s'était joint à nous pour discuter. J'aimais bien le fait que nous prenions le temps de jaser. Les clients entraient, se saluaient, faisaient un brin de causette et repartaient avec des nouvelles. Ici à Green Valley, nous nous connaissions tous. Le nouveau client s'appelait Jérémie Quenneville, bien connu comme un pionnier des écoles où on enseignait le français. À ce qu'on m'avait raconté, son engagement l'avait conduit à prêter la cuisine de sa maison, de 1903 à 1906, pour fonder l'école de Lochiel n° 11. Comme toujours, il portait ses *overalls* à bavette avec des poches et des *snaps* partout. De plus, même au mois de juin, il portait sa chemise à carreaux en flanelle. Très préoccupé par la situation actuelle, il démontra sa force de caractère habituelle en disant :

– Ben, bout de ciarge, Hector, je suis descendu à Green Valley pour apporter deux cochons que j'expédie en ville par le CPR. Sur ces entrefaites, Donald George MacDougall arrive t'y pas. Y'm dit en déchargeant ses œufs : « *Looks like you are going to have to stop teaching French in your school, Jeremy.* » Surpris, je lui demande où il a pris son information. Ben, verrat de verrat, croyez-le ou pas, il m'a montré la lettre qui dit que le français est banni des écoles. C'est le Règlement 17, qui est supposé entrer en vigueur aujourd'hui. Si je m'étais écouté, j'aurais tout cassé ses œufs.

– Faites pas des choses semblables, Monsieur Quenneville, vous finirez en prison, c'est certain, répliqua Hermine.

– Mademoiselle Quesnel, vous êtes maîtresse d'école vous ? C'est-tu vrai ce que MacDougall m'a dit ?

– Je vais vous lire un extrait du texte, Monsieur Quenneville, vous allez tous être sous le choc, dis-je, en sortant la copie de mon sac.

Je lus :

« Le 25 juin 1912… L'usage du français comme langue d'instruction ne devra en aucun cas dépasser la première classe. En plus, seulement si l'inspecteur le permet pour la première classe. Après, tout se fera en anglais… »

Un long silence plana, avant que j'ajoute calmement :

– Les inspecteurs d'école sont tous Anglais. Il est clair qu'ils vont complètement bannir le français pour nos enfants.

– Ben voyons, les Anglais sont pas si méchants que ça. Ils vont vous laisser continuer à enseigner en français quand même, tenta Hector.

La réplique d'Hermine ne se fit pas attendre :

– Franchement Hector, c'est pas un conte de fée. La réalité est que les inspecteurs d'école vont se passer le mot. Ils ont le pouvoir. Pis c'est juste pour la première classe. Coudon, es-tu sourd ?

– Ben bout de ciarge, va falloir encore se battre pour avoir ce qui nous revient, déclama Jérémie.

– Moi, je vais aller voir mon beau-frère Médéric à soir, avec ma Florence. Paraît qu'il voudrait se présenter comme commissaire d'école. On se laissera pas manger la laine su'l'dos. C'est pas correct cette histoire-là ! À la revoyure tout le monde.

Alors qu'Alexandre saluait la compagnie, un homme entra et à sa vue, tout le monde se tut. Comme j'allais partir, Jérémie Quenneville me devança en lançant :

– Bon, ça sent mauvais icitte. Moi, je m'en vais.

Quand il passa devant l'homme, ce dernier lui dit :

— *Good day, Mr. Keenvil!*

Jérémie partit sans répondre. Dans un anglais élémentaire, Hector accueillit le nouveau venu :

— Bonjour, Monsieur Macdonald. Comme vous voyez, Monsieur Quenneville n'est pas très jasant. Qu'est-ce qu'on peut faire pour vous ?

— *He's so shy, you know. I think French Canadians have an inferiority complex. As I can see, I'm quite right*, s'esclaffa-t-il, en partant d'un gros rire gras.

Mon père et moi n'en pouvions plus d'entendre de telles insultes. Nous quittâmes les lieux sur-le-champ. Si on devait se battre pour nos droits, c'était contre des gens comme lui. Donald Macdonald était un vieux garçon, incapable de prononcer un traître mot de français. Qu'est-ce qu'il connaissait de nous ? De quel droit nous jugeait-il de cette façon ? J'en étais révoltée.

Quand nous rentrâmes à la maison, mes frères et sœurs aidaient à la préparation du repas du soir. Mon père partit à l'écurie dételer la jument avant de manger pendant que je montais à l'étage me changer, de peur de salir ma robe de maîtresse d'école. Quand je descendis, ma mère suait à grosses gouttes près du poêle à bois. La senteur de pain frais encore tout chaud restera gravée à jamais dans ma mémoire. Je humai à pleins poumons cette odeur réconfortante. Un vrai délice olfactif. Ma mère avait probablement une conception beaucoup moins romantique de la cuisson du pain, deux fois la semaine. Elle m'annonça que Louis passerait ce soir après le souper. J'en fus un peu contrariée :

— Maman, Papa voulait que je l'accompagne chez l'oncle Médéric, ce soir.

— C'est drôle, ton père m'a pas parlé de ça. Puis, c'est pas avec ton père que tu vas te marier. C'est avec Louis.

— Maman, Louis, c'est mon prétendant et nous ne nous sommes pas encore fiancés.

— Ben voyons, faudra y penser bientôt. Tu passes tes vingt ans ma fille. À ton âge, j'étais mariée depuis belle lurette.

Heureusement, Papa entra. Il fut entendu que je resterais à la maison pour accueillir Louis et que mon père irait seul chez son beau-frère.

* *

*

Comme les moustiques sont nombreux et agressifs au mois de juin, Louis nous avait apporté des branches d'aulne fraîchement coupées pour les chasser. Assis sur la galerie, nous causions en agitant le feuillage :

— Louis, je ne veux rien promettre pour le moment.

Gêné, Louis restait silencieux. Il portait son pantalon du dimanche avec des bretelles ainsi que sa chemise blanche avec des brassards pour retenir ses manches. Il gardait la tête basse et je voyais bien que la blessure était à fleur de peau. Je refusais de prendre un engagement ferme et, en même temps, je ne voulais en aucun cas lui faire de peine. Alors, je cherchai à l'apaiser :

— Louis, tu sais que je t'aime beaucoup. Donne-moi encore un peu de temps et je te le dirai.

— J'veux pas te pousser tu sais, mais un homme peut juste attendre tant de temps, Florence.

— Je comprends, Louis.

Je le sentis tressaillir en lui prenant la main. Ses doigts de travailleur, marqués des durs labeurs de la ferme, me communiquaient toute la tendresse d'un cœur en attente. Le déchirement me rendait mélancolique et une larme descendit sur ma joue.

— Pleure pas, Florence. Moi, c'est te faire sourire que je veux. Je te trouve tellement belle quand tu souris.

Et il m'offrit son mouchoir du dimanche, bien propre et bien plié.

— Je voudrais tellement qu'on puisse être ensemble, Louis.

— Dis oui, Florence, et c'est fait.

— Tu sais que je ne peux pas et je sais que tu me comprends.

La brunante marchait de son pas lent, tirant le rideau de la nuit qui s'annonçait. Je laissai Louis déposer sur ma joue un doux baiser, même si nous n'avions pas encore pris d'engagement. Heureusement, ce soir nous n'avions pas de chaperon, sauf Rover qui leva les oreilles et grogna quand Louis s'approcha pour m'étreindre. Mon amoureux reprit la route le cœur plus léger et je rentrai préparer mes classes pour le lendemain, à la lueur de la lampe à l'huile.

* *
*

Le jour se pointe, mettant fin à mon voyage dans le passé. J'ai l'impression de ne pas avoir dormi. Il y a certainement un lien logique entre ma vie nocturne et le contenu de la boîte de Pépère. Sinon, je suis en train de virer fou comme le Horla. À l'école, je repasse dans ma tête tout ce que j'ai vécu pendant la nuit.

— Qui était Robespierre, John ?

Jessica frappe ma chaise de son pied. Je sors de mon rêve comme un somnambule. J'entends rire autour de moi et demande au professeur de répéter la question :

— Est-ce que John peut me dire qui est Robespierre ?

— Désolé, Monsieur Lapensée, j'étais ailleurs. Je n'en ai aucune idée.

— John, cela fait vingt minutes que je parle de lui et tu n'as pas saisi un seul détail ? Peut-on savoir à quoi Monsieur rêvait ? Est-ce que c'est d'une jeune fille ? C'est certainement beaucoup plus intéressant que la Révolution française.

Je me confonds en excuses, puisque Monsieur Lapensée est blessé de la situation, avec raison. Après la classe, Jessica veut savoir ce qui se passe et moi, je ne veux parler à personne. Je rentre directement à la maison et je me couche.

Le lendemain quand je me lève, mon ordi est à nouveau ouvert, à la même page Web : *Le Horla*. Quelqu'un me joue des tours ou des choses incompréhensibles se passent. J'essaie de voir clair dans toute cette histoire. Florence Quesnel m'intrigue de plus en plus et je connais plusieurs faits de sa vie, sans les avoir lus ou appris dans quelque texte que ce soit. Même que certains faits me sont parvenus par les papiers de mon Pépère, mais après que je les ai vécus. Je vis des expériences obscures pendant la nuit ! Comme le Horla...

CHAPITRE 12

La messe de minuit

Déjà trois nuits où rien ne se passe. Dans ma chambre, c'est le calme plat. Est-ce que tous ces phénomènes n'étaient que le fruit de mon imagination ou des cauchemars de mon esprit agité ? Cette accalmie me permet de récupérer, de prendre du repos. Toutefois, ce soir, en me couchant, j'ai un peu d'appréhension.

Je me réveille en sursaut. La sonnerie de mon iPhone m'annonce un message. J'étends le bras, attrape mon appareil pour le déverrouiller. L'écran s'illumine. Il est 4 h 44 du matin. C'est étrange. Qui peut bien m'envoyer un message à cette heure-là ? Je vérifie. À ma grande surprise, il n'y a aucun message affiché. Un malaise s'installe en moi.

Je sens qu'on m'observe. Mon cœur palpite. Dans un coin de la chambre, il me semble voir une ombre. Peu à peu, je distingue la silhouette de Florence Quesnel. Elle me fait signe de la suivre. Je m'abandonne à la force irrésistible qui m'attire et je replonge dans un sommeil profond. De sa voix douce, Florence Quesnel me raconte…

* *
*

Je me rappelle ces doux moments gravés à jamais dans mon cœur d'enfant. Comme c'était la coutume à chaque année, mon père avait attelé nos deux chevaux auxquels il avait attaché de gros grelots pour l'occasion. Il avait préparé la carriole pour la messe de minuit.

— Allez, Florence, dis à tes frères et à tes sœurs de se dépêcher. Il ne faut pas être en retard et la route pourrait être dangereuse !

Toute la famille s'était empressée de monter dans la carriole, entassée sous les couvertures pour se tenir bien au chaud. Nous formions une belle famille, tissée serrée. J'étais l'aînée, suivie de mes sœurs, Alice, Annie, Délima, Blanche et Christine. Au grand plaisir de mon père, deux garçons s'étaient ajoutés : Rodrigue et Omer, le p'tit dernier, le bébé gâté, toujours dans les bras de ma mère ou de l'une des filles plus âgées. Notre famille faisait la joie et la fierté de nos parents. Nous étions le plus grand trésor de Georgina et d'Alexandre Quesnel.

Tous les soirs, attroupés dans la grande cuisine, nous récitions la prière en famille, après quoi mon père ne manquait jamais de remercier le bon Dieu avec ferveur d'avoir une si belle maisonnée. Nous n'étions pas riches, mais nos durs labeurs sur notre belle terre de Green Valley suffisaient à nourrir la marmaille. Mes parents étaient débrouillards et très travaillants. Nous ne manquions de rien. Nous étions heureux.

Concentré sur la route, mon père prenait son air sérieux et tentait de suivre les traces de patins des carrioles qui nous avaient précédés. Nous étions chanceux de pouvoir faire le trajet pour vivre cette nuit magique, malgré la terrible tempête qui s'était abattue dans la région. Après deux jours de blizzard, le vent était enfin tombé, tôt le matin. Heureusement, malgré une bonne bordée de neige, le chemin était assez praticable pour nous rendre à l'église de Saint-Raphaël.

On entendait au loin la cloche de la tour de l'église, qui semblait nous inviter pour célébrer la naissance de l'Enfant Jésus. Le cœur léger, on chantait tous à voix haute :

> *Il est né le divin Enfant,*
> *Jouez hautbois, résonnez musettes,*
> *Il est né le divin Enfant,*
> *Chantons tous son avènement...*

Après une heure de carriole, nous arrivâmes à Saint-Raphaël sans incident. Nous avions, comme chaque année, presque une heure d'avance. Mon père voulait s'assurer des meilleures places. La coutume voulait que les paroissiens se rassemblent sur le perron de l'église, fumant une bonne pipée et se communiquant les dernières nouvelles. Près du portail, je vis du coin de l'œil mon cher Louis me dévisager, une étincelle dans les yeux. Comme il avait fière allure avec son long manteau de fourrure ! Il était beau et charmant. Bien bâti, les épaules larges, il respirait la santé et la force physique du bon cultivateur canadien-français. Il s'approcha :

— Bonsoir, Madame Quesnel.

— Bonsoir, Louis. Je connais une jeune fille qui va être contente en pas pour rire de te voir. Je vous laisse, vous avez sûrement des choses à vous dire !

Ma mère se retira pour nous laisser seuls.

– Bonsoir, Flo. Humm ! J'avais hâte de te revoir. J'avais peur que vous ne puissiez pas vous rendre. Les chemins sont pas ben beaux, hein ?

– Non, mais j'ai prié la bonne sainte Anne toute la journée et elle a exaucé ma prière. Pis j'ai fait mes mille Ave Maria pour passer un beau Noël en famille. Je n'aurais pas voulu manquer la messe de minuit pour tout l'or du monde...

Nous restâmes plantés là pendant de longues minutes, à nous regarder sans dire un mot. Puis, Louis rompit le silence. Il se pencha doucement et me chuchota à l'oreille :

– T'es plus belle que jamais, ce soir, Flo.

À cet instant, je souhaitai qu'il me prenne dans ses bras musclés et m'enlace contre lui. En passant près de nous, nos voisins et amis ne manquèrent pas de nous taquiner.

– Aye, les amoureux, c'est pour quand la basse messe ? J'ai assez hâte d'aller aux noces !

– Enwèye Louis, donnes-y donc un beau bec. Je sais que t'en meurs d'envie !

Louis et moi, on se contenta de leur faire de gros yeux mais intérieurement, cela nous fit sourire tous les deux. Enfin, il me prit les deux mains et me souhaita un très joyeux Noël.

– À toi aussi, Louis.

Il s'empressa d'ouvrir la porte et de la tenir pour me laisser entrer, ainsi que les enfants et ma mère. En passant devant lui, je lui fis le plus beau des sourires.

Dès que je pénétrais dans ce lieu sacré, je retrouvais mon cœur de jeune fille, particulièrement à ce temps-ci de l'année. Tous ces décors féeriques m'émerveillaient. Les guirlandes et les couronnes ornaient les colonnes ; les cierges et les bougies illuminaient toute l'église. Près de l'autel, une immense crèche avait été érigée durant l'Avent et, ce soir, l'Enfant Jésus reposait sur la paille. À l'orgue, la bonne vieille Madame McPherson jouait le cantique *Gloria in Excelsis Deo* en sourdine. Tout était pensé et en place pour favoriser le recueillement. J'étais très heureuse d'être là. Cette grande église de pierres grises était magique pour moi. Elle avait été témoin de moments mémorables et importants de ma vie : mon baptême et ceux de mes frères et sœurs cadets, ma première communion et ma confirmation. L'arrivée de mon père dans notre banc me sortit de mes pensées.

L'église était bondée de monde, tant d'Écossais que de Canadiens français catholiques. Le curé Campbell nous souhaita la bienvenue en anglais, puis en français. En fait, il baragouina quelques bouts de phrases dans un français exécrable, ce qui me faisait toujours sourire discrètement. Mon père, lui, était loin d'apprécier et laissait entendre un grand soupir qui en disait long. Même si la messe de minuit s'éternisait, je ne voyais pas le temps passer. Toute la cérémonie se déroulait en latin. J'étais bien consciente que la plupart des fidèles n'y comprenaient pas un traître mot. L'habitude aidant, tous pouvaient suivre les rites de l'Eucharistie. Tout au long de la messe, la chorale, accompagnée à l'orgue, faisait résonner des cantiques de Noël qui me rendaient très mélancolique. Comme plusieurs, j'étais émue d'entendre l'*Adeste Fideles* et *O Little Town of Bethlehem*.

Les enfants étaient très excités. Moi aussi, d'ailleurs. On pouvait entendre les chut !... des parents pendant que le curé faisait son sermon, du haut de sa chaire.

Après la communion, l'abbé se tourna vers la foule et annonça d'un air solennel :

– *Ite missa est.*

Tous les fidèles se prosternèrent et le curé nous bénit. Chacun fit son signe de croix puis s'empressa de quitter les lieux, sans oublier de tremper le doigt dans l'eau bénite à la sortie de l'église. L'air à la fête, tout le monde était de bonne humeur. À l'extérieur, on s'échangea les vœux de circonstances et enfin, on s'en alla célébrer la nuit sainte. Sur le chemin du retour, mon père ne manqua pas de maugréer, au sujet du curé Campbell :

– Il pourrait faire un effort pour apprendre le français, lui ! On n'y comprend rien ! La majorité de ses paroissiens sont Canadiens français. Depuis l'temps qu'il est curé du village, c'est vraiment honteux. J'espère qu'un jour, on aura un curé français pis qu'on aura notre propre église.

Ma mère avait le don de ramener mon père à la raison. De sa voix douce, elle trouva encore le mot juste :

– Ben voyons, mon vieux. Arrête de t'faire du mauvais sang. C'est pas l'temps de bougonner. C'est la veille de Noël, la fête de l'Enfant Jésus. C'est le temps de fêter. Pis cette année, c'est spécial, hein ?

– Oui, c'est vrai. T'as raison ma bonne Georgina. Ce soir, on reçoit les Ménard pour la veillée.

Mon père se tourna vers moi et je vis son petit air moqueur :

– Pis, ma Florence, c'est pas une belle surprise ça ! Louis va venir faire un tour à soir.

Je lui fis un signe affirmatif, sans laisser paraître ma joie. En réalité, j'étais bien contente d'entendre la nouvelle. Je serais en compagnie de Louis Ménard, celui qui avait conquis mon cœur et que j'aimais tendrement.

*　　*
*

Soudainement, le silence s'installe. L'image de Florence Quesnel devient de plus en plus floue. Son être vaporeux semble monter et descendre. Puis, un flash lumineux m'aveugle. Je ne distingue que son visage. Je comprends qu'elle veut que je reste là à l'écouter, qu'elle n'a pas encore fini de se confier.

– John, laisse-moi te raconter encore.

Je suis sidéré qu'un fantôme m'appelle par mon nom, surtout le spectre d'une personne que je ne connais pas. Elle vient d'une autre époque, d'un autre monde. Plus elle se confie, plus je veux savoir de choses. Je veux tout connaître de sa vie passée. Je commence à comprendre pourquoi Pépère avait tant d'estime pour cette femme. D'un signe de tête, je lui fais comprendre que je suis prêt à écouter la suite de son récit.

CHAPITRE 13

La bénédiction paternelle

Malgré l'heure tardive, dès notre retour à la maison paternelle après la messe de minuit, tout le monde se mit à la tâche.

– Les filles! Pendant que je nourris le poêle, allez aider votre mère à préparer la mangeaille. J'ai une faim de loup! La route a été longue et ça creuse l'appétit!

Toute la semaine, on avait préparé les victuailles pour le temps des Fêtes. Alexandre avait tué un cochon et avait fait boucherie : du boudin, des jambons, des ragoûts de pattes de cochon, de la tête de fromage, des cretons et des oreilles de Christ.

Georgina était une femme dépareillée, comme disait affectueusement mon père. Elle était vraiment bonne cuisinière. Elle avait appris de sa mère les recettes qui se passaient de génération en génération. Chez nous, ça sentait toujours bon. Des odeurs de pain frais, de pâtisseries, de viandes rôties dans le bon vieux poêle à bois se répandaient dans la maison. Bien sûr, d'excellentes soupes à répétition mijotaient doucement. On appelait la soupe ainsi parce que ma mère la préparait le lundi matin et rajoutait des légumes et des restes au fil des journées. À la fin de la semaine, la marmite était encore pleine. Comme c'était la tradition, ma mère avait cuisiné une bûche de Noël, des tourtières et un tas de beignes, pour faire les choses en grand !

Réunis au salon, les hommes discutaient des dernières récoltes, de leurs animaux et du travail sur la terre. À entendre leurs rires, je devinais que mon père avait sorti sa bouteille de p'tit blanc pour bien réchauffer l'atmosphère et que tous s'y adonnaient à cœur joie. De temps en temps, je jetais un regard dans leur direction et je constatais que Louis ne donnait pas sa place. Non, il ne passait pas son tour, le verre à la main. Je n'avais jamais vu Louis aussi volubile.

En bon chef de famille, mon père annonça :
— À table ! C'est l'heure de manger.

Il invita tout l'monde à prendre place et bénit le repas que nous allions prendre. Ensuite, ce fut le festin. Mon père se leva souvent pour remplir les verres à moitié vides, afin de s'assurer que personne n'ait le gosier sec. Il alla même jusqu'à me verser un p'tit blanc, plein jusqu'à ras bord :
— Tiens, toi aussi, ma grande ! Prends un p'tit coup à notre santé.

Ce n'était vraiment pas coutume. Pour sa part, Louis était encouragé par son père et son frère :
— Allez, vas-y mon Louis ! C'est l'temps d'en profiter ! C'est Noël.

Après quoi, tous chantèrent :

Vive la Canadienne,
 vole, mon cœur vole, vole, vole
Vive la Canadienne, et ses jolis yeux doux.

Louis y alla d'une autre bonne rasade et à ma grande surprise, lui qui affichait un petit air gêné sur le perron de l'église, chantait maintenant à tue-tête. Il avait le visage tout rouge. Sous l'effet de l'alcool, il commençait à avoir les sangs pas mal réchauffés. Soudainement, il me fixa dans les yeux et se leva brusquement :

— Je vou-vou-drais lever mon verre à la santé de tout l'monde réuni ici. Madame Quesnel, vous êtes une merveilleuse cui-cuisinière. Monsieur Quesnel, vous êtes un homme très gé-généreux. Marci de nous recevoir comme des rois dans votre maison. Aussi, j'aimerais profiter de l'occasion pour...

Il fit le tour de la table jusqu'à mon père. Mon cœur battait à se rompre :

— Monsieur Quesnel, m'accordez-vous la main de votre fille Florence ? Je l'aime de tout mon cœur et je vous promets que je l'aimerai toujours et qu'elle ne manquera jamais de rien. Comme c'est la tradition à Noël, j'aimerais, ce soir, devant nos deux familles, lui demander si elle veut être ma fiancée.

Louis me sembla dégrisé net.

— Mon cher Louis, c'est avec grand plaisir que je t'accorde ma bénédiction. Il nous fera grand plaisir de t'accueillir au sein de notre famille, si elle accepte.

— Merci infiniment, Monsieur Quesnel.

Sans plus attendre, il se dirigea vers moi et sortit de sa poche une petite boîte enrubannée, qu'il me remit. Je devinais bien que c'était une bague de fiançailles. Je l'ouvris.

– Oh! Qu'elle est belle!

Je l'admirai quelques instants, avant de lever les yeux. Nos regards se croisèrent. Tous les yeux étaient rivés sur nous. Je me levai de ma chaise, le cœur battant :

– Merci Louis. Cette bague est magnifique! Moi aussi, je t'aime et oui, j'accepte d'être ta fiancée.

De forts applaudissements retentirent dans la grande cuisine. Un peu éméché et sous les encouragements des membres de nos deux familles, Louis me prit dans ses bras et m'embrassa sur les lèvres pour la première fois. Un torrent de sentiments, joie, désir et gêne entremêlés, montèrent en moi.

Mon chien Rover, allongé près du poêle, se mit à japper et à grogner. Tous éclatèrent de rire et y allèrent de leurs commentaires :

– Jusqu'au chien qui est jaloux!

– Ben non, y'é content!

– Tu penses?

– J'pense pas, chus sûr!

– Ah ben! Si tu l'dis!

Papa se leva :

– J'aimerais porter un toast à Florence et à Louis.

D'une seule voix, tous répondirent :

– Oui, santé et bonheur aux futurs mariés!

À la fin du repas, les hommes tassèrent la table et les chaises le long du mur. On sortit le violon et la guitare. On chanta des chansons à répondre et on dansa jusqu'aux p'tites heures du matin. Le p'tit blanc continuait de couler à flot. Ce Noël fut vraiment spécial. On fêtait toujours un peu après la messe de minuit, mais jamais autant qu'à ce Noël-là. On mangeait un brin, on se souhaitait simplement Joyeux Noël et on allait se coucher. Cette année-là, mes parents furent de connivence avec les Ménard car d'habitude, c'était au Jour de l'An qu'on fêtait le plus.

En ce Noël mémorable de 1913, où je devins la fiancée de Louis Ménard, je priai Dieu pour le remercier :

Seigneur,

Merci pour toutes vos grâces et vos bienfaits. Protégez-moi, ma famille et mon cher Louis. Guidez-moi dans votre lumière divine sur le chemin de la vie. Aidez-moi à faire les bons choix dans les moments de doute. Que votre volonté soit faite. Ainsi soit-il.

* *

*

Le Jour de l'An se fêtait très différemment de Noël. Il commençait le 31 décembre et les célébrations duraient jusqu'à la fête des Rois, le 6 janvier. Instruments de musique à la main, on faisait la guignolée le matin du Jour de l'An et on visitait amis et voisins afin d'amasser des victuailles pour les plus pauvres. De foyer en foyer, on ne manquait jamais de chanter le traditionnel *C'est dans l'temps du Jour de l'An, on s'donne la main, on s'embrasse…* suivi d'un bon serrage de pinces et d'embrassades.

À notre réveil, le matin du Jour de l'An, on faisait notre toilette et on revêtait nos plus beaux habits. Comme j'étais la plus âgée de la famille, c'est moi qui réunissais mes frères et sœurs. Tous les enfants s'agenouillaient autour de mon père et je lui demandais de nous bénir. C'était un moment vraiment émouvant, en particulier pour mon père. La voix brisée, il prononçait presque toujours le même discours :

— Je remercie le bon Dieu de nous avoir donné de si beaux enfants ! Et je lui demande encore cette année de bien vouloir, à travers moi, bénir chacun et chacune d'entre vous, mes chers enfants !

Les larmes aux yeux, il prenait le temps de nous regarder et de nous nommer un à un. Il faisait une pause comme pour retenir ses émotions et il enchaînait :

— En tant que père et chef de famille, je demande au Seigneur de vous protéger toute l'année durant. Que l'année qui vient vous apporte santé, bonheur et prospérité. Au nom du Père, du Fils et du Saint-Esprit. Ainsi soit-il.

Presque chaque année, je voyais ma chère mère essuyer ses larmes, tellement cette cérémonie l'émouvait elle aussi. Puis, venait le temps d'ouvrir les cadeaux que Santa Claus nous avait apportés durant la nuit. Chez nous, le bon vieux Père Noël passait une semaine plus tard que chez les Anglais. Puisque nous n'étions pas fortunés, la plupart du temps, nous recevions des jouets de bois fabriqués par les mains habiles de mon père et de nouveaux vêtements confectionnés par ma mère, dans le tissu de vêtements devenus trop petits pour certains d'entre nous. À cela s'ajoutait notre traditionnel bas de Noël accroché près du foyer et rempli de biscuits, de bonbons et d'une orange. C'est avec grande hâte que chacun d'entre nous allait le cueillir pour voir ce qu'il y avait dedans. Nous n'avions pas grand-chose mais nous nous aimions, nous étions heureux et nous ne manquions de rien.

*　　*

*

Après son récit du Jour de l'An, Florence Quesnel
me salue de la main, s'éloigne peu à peu, puis disparaît. Le temps est venu de revenir dans mon
monde. J'espère avoir la chance de la revoir, et de
mieux la connaître, elle et son époque.

CHAPITRE 14

Les nouveaux commissaires

La sonnerie de mon iPhone me sort brusquement de mon sommeil. C'est un texto de Jessica. Elle veut savoir pourquoi je ne suis pas à mes cours ce matin. Je lui dis que je reste au lit et que je ne me sens pas bien aujourd'hui. Un début de gastro... En fait, je viens de mentir à Jess comme je l'ai fait plus tôt ce matin à ma mère et à Alicia. C'était mon excuse pour ne pas aller à l'école. J'ai le goût de voir personne. J'suis aussi épuisé que si je n'avais pas dormi de la nuit. J'ai besoin de récupérer, d'être seul pour faire le point. Machinalement, je place les oreillers et tire la couverture au-dessus de ma tête, pour me couper du reste du monde. Je me roule en position fœtale et enfin, je sombre au pays des rêves.

Sans trop savoir pourquoi, j'ouvre les yeux. J'aperçois distinctement une ombre noire qui s'approche lentement de mon lit. J'ai les mains moites, mon cœur bat à toute vitesse. La gorge sèche, j'essaie de toutes mes forces de crier, mais aucun son ne sort de ma bouche. Impuissant, je sens tous les muscles de mon corps se crisper. Je suis incapable de bouger. Figé, je ressens une sensation bizarre. On dirait que je me sépare de mon corps et que je m'élève au-dessus de mon lit. Effrayé, à bout de souffle, je crois que je vais mourir tellement j'ai peur. Puis, je vois Pépère planté là, au pied de mon lit.

— N'aie pas peur, John.

— Je veux redescendre, Pépère. J'ai peur de mourir. C'est quoi cette ombre noire ?

— Mais non, John, n'aie pas peur, personne ne te veut de mal. L'ombre veut nous accompagner. C'est Florence qui revient. À partir de maintenant, nous te rendrons visite ensemble et t'emmènerons faire un voyage astral. Tu verras, tu vas t'y habituer. Il n'y a aucun danger.

Puis, en un instant, l'ombre se transforme sous mes yeux et Florence me sourit. Les deux spectres s'élèvent dans les airs, me donnent la main et, à la vitesse de l'éclair, nous nous retrouvons dans une petite salle à peine éclairée. Je sens une forte odeur de tabac à pipe me monter au nez. À travers une dense fumée qui me brûle les yeux, je distingue vaguement plusieurs silhouettes d'hommes attablés, en pleine réunion. À voir les affiches sur les murs et les meubles, je sais que je suis transporté à une autre époque. Je flotte comme dans un rêve, perdu entre deux mondes. Perplexe, je ne comprends pas ce qui m'arrive. Je crois avoir perdu la raison ; mon esprit divague sans que je puisse faire quoi que ce soit. La voix douce et apaisante de Florence me sort de ma torpeur. Elle me demande de me concentrer.

— Écoute, John, c'est important !

Je distingue peu à peu les voix qui me parvenaient par bribes. À ma grande surprise, je me rends compte que tout se déroule en anglais et que je me trouve dans une vieille école de rang. Dans un coin à l'arrière de la classe, il y a un vieux poêle à bois où le feu crépite allègrement. Les fenêtres sont givrées par le froid intense à l'extérieur. Des hommes sont assis dans les longs bancs d'élèves et, sur le tableau noir, à l'avant de la salle, je lis :

*School meeting – December 30th, 1913,
Lancaster Separate School No. 14.*

* *
*

La tenue vestimentaire des personnes présentes attestait de leur origine écossaise. Leur chemise et leur veston semblaient de tweed, un genre de tissu rappelant les tartans portés par les Écossais. Celui qui présidait l'assemblée se leva pour s'adresser à l'auditoire.

— Comme je viens de vous l'expliquer, tous les postes à la commission scolaire sont laissés vacants : le commissaire MacDougall a terminé son mandat et ne désire pas le renouveler ; *Mr.* McIntyre, de son côté, nous a fait part de son intention de démissionner pour cause de problèmes de santé ; enfin, notre secrétaire, *Mr.* Macdonell fait de l'excellent travail depuis plusieurs années, mais voudrait donner la chance à d'autres de remplir cette fonction. Alors, j'aimerais que l'on passe aux nominations. Y a-t-il des propositions ?

Un homme à la stature imposante se leva à son tour et proposa que les futurs commissaires soient des Canadiens français, puisque la majorité des contribuables de la région étaient d'origine française. L'intervention provoqua des murmures dans la salle, puis un autre Écossais prit la parole :

— Monsieur le président, j'aimerais proposer que Messieurs Poirier, Ménard et Ouimet soient nommés. Ils ont démontré de l'intérêt pour le poste et ils seraient de bons commissaires puisqu'ils peuvent s'exprimer dans les deux langues.

Sa proposition fut acceptée à l'unanimité. Ensuite, *Mr.* Macdonell proposa Monsieur Hormidas Lefebvre à titre de secrétaire. Du jamais vu ! Peu à peu, la salle se vida et seuls les nouveaux commissaires demeurèrent assis.

— Eh bien ! Toutes mes félicitations, Monsieur Poirier, Monsieur le commissaire.

— Toi de même, Monsieur Ménard ! C'est étrange ! La commission est passée de tous des Écossais à tous des Canadiens français.

— Ouin, en effet, Émery. Je pense que nos amis écossais ont bien accepté le fait que de plus en plus de familles canadiennes-françaises viennent s'installer dans la région et que nous sommes les seuls à pouvoir nous exprimer dans les deux langues.

— Sans oublier que nos familles sont nombreuses. C'est normal qu'il y ait plus de jeunes Français à l'école que de petits Écossais.

— Aye, le beau-frère, je crois que le temps est venu de changer les choses ! C'est un signe du bon Dieu ! J'ai entendu dire que la maîtresse unilingue anglaise, Madame O'Neil, est gravement malade. Il faudra bien qu'elle pense à sa santé et qu'elle cède sa place. Je pense que la prochaine maîtresse devrait être bilingue et qu'elle devrait enseigner le français à nos p'tits. Après tout, ils forment la majorité ! Ça serait logique, non ?

– T'as tout à fait raison, Médéric. Tu sais, si Madame O'Neil peut plus enseigner à Lancaster n° 14, je suggère qu'on annonce son poste dans les journaux. On demandera une maîtresse bilingue pour nos p'tits.

– Pour bien faire les choses, Baptiste, on annoncera le poste dans les journaux anglais et français et dans le nouveau journal *Le Droit* d'Ottawa, qui défend les Canadiens français.

– Bon ben, il est tard Messieurs et moi, je dois partir. J'ai plein de choses à faire pour le réveillon. Alors, je vous souhaite à tous une Bonne Année et le paradis à la fin de vos jours.

– À toi aussi, Émery, Bonne Année ! Nous aussi, on allait partir, pas vrai Médéric ?

– C'est vrai l'beau-frère. À la r'voyure !

* *
*

J'aurais aimé connaître Médéric et Baptiste et leur souhaiter une Bonne Année. Malheureusement, je sais maintenant, après toutes mes intrusions dans la vie passée de ces gens, que je ne peux pas communiquer avec eux. Je ne suis qu'un spectateur et je suis impuissant devant tout ce qui se passe. Nous quittons brusquement ce monde, car on crie mon nom.

– John ! John ! Viens manger. J'ai préparé un bon petit déjeuner.

Je sors de mon voyage astral et je reprends mes esprits tant bien que mal.

– J'arrive Maman !

CHAPITRE 15

Des mauvaises nouvelles

— C'est rien qu'un visage à deux faces. Je l'haïs à mort. Il me joue dans le dos avec une autre. Parce qu'elle l'a sacré là, il veut qu'on reprenne ensemble. J'ai-tu l'air d'un tapis pour s'essuyer les pieds dessus, moé ? C'est un salaud ! Qu'y mange d'la marde ! J'y parlerai plus jamais !

Jessica se défoule. Elle laisse sortir le trop plein. Mon copain Kevin, l'ex-ami de cœur de Jessica, a fait des mauvais choix. Mélanie, la fille qu'il embrassait dans le corridor l'autre jour, l'a laissé tomber après une fête, samedi soir dernier. Je n'y étais pas, mais il m'a envoyé des textos à ce sujet. Je comprends Jessica, la malhonnêteté passe mal avec moi aussi. Donc, je sympathise avec elle et j'essaie de la consoler.

— Écoute Jess, Kev, ce n'était peut-être pas le bon gars pour toi.

— Pas le bon gars ! Je l'ai aimé, John. C'est pas correct. Sa trahison me rend folle. En plus, c'est Mélanie qui est venue me lancer son histoire en pleine face, la *bitch*. Elle aussi, je l'haïs pour mourir !

Afin d'alléger l'atmosphère, je lui lance une boutade à la manière de Pépère. C'est toujours ce qu'il faisait quand ma grand-mère sortait de ses gonds.

— Si tu te mets à détester tout le monde comme ça, je vais devoir faire attention. Peut-être que tu vas m'haïr moi aussi.

— Ha! Ha! Pas drôle, John! Tu sais que c'est différent entre nous. Comment tu réagirais toi, si une petite de 11ᵉ année arrivait et te disait : « Jessica Poirier, c'est toi la supposée blonde de Kevin Bédard? Ben, ça fait deux semaines qu'il est avec moi. Pis samedi soir passé, au party chez Brian Piché, c'est moi qui étais avec ton *chum*. Mais tu sauras que tu peux le garder, j'veux pu rien savoir de lui, surtout après ce qu'il a fait avec les autres gars au party. » Je lui demande : « Qu'est-ce qu'il a fait? » Elle me répond : « *Never mind*. Tu lui demanderas toi-même. Il était saoul comme une botte. C'est un vrai *loser* », et elle part en petite fraîche. J'te dis John, je voulais mourir. Une fois que j'ai su par d'autres ce qui s'était passé au party, j'ai trouvé, dans mon cartable de français, une belle lettre d'amour du grand tarla de Kevin avec des *I love you* d'un bout à l'autre.

L'affaire devenait pas mal *hot*. Je lui demande :

— Alors, qu'est-ce que tu as fait?

— Je me suis placée tout près du casier de Mélanie, la petite fraîche, et quand le beau Kevin est passé, je me suis interposée. J'ai déchiré la lettre devant eux et je leur ai dit ma façon de penser en leur lançant les morceaux en pleine face. Tout le monde était arrêté dans le corridor.

— Comment Kev a réagi?

— C'est la première fois que je le vois prendre son trou. Ben bon pour lui.

— Jess, Kev fait souvent des conneries.

— Défends-le pas.

— Non, j'ajouterai même que je partage ta rage et que moi aussi je m'éloigne de lui depuis un certain temps. Il prend plus ses études au sérieux. J'le sais pas vraiment, mais il me semble qu'il est dans une passe difficile.

— En tout cas, ce s'ra pas à mes dépens, le crotté.

Je la console et la comprends. Je lui révèle même que Lois et moi, ce n'est pas très fort depuis quelques semaines. Cela semble la réconforter et tant mieux. Dernièrement, Jess a changé son habillement quelque peu. Elle porte des couleurs différentes et j'en profite pour la complimenter. Son sourire traduit son bonheur après de telles remarques. Je la trouve vraiment gentille, même quand elle se met dans tous ses états devant une injustice. Jess est devenue une bonne amie.

Après les classes, je devais rentrer au Walmart jusqu'à neuf heures. Par contre, une épreuve majeure en mathématiques m'attend le lendemain. Gilles, un copain de travail, a accepté de me remplacer. Je me rends donc immédiatement à la maison afin de m'installer dans ma chambre pour une longue soirée d'études. En entrant dans la maison, je sais que quelque chose ne va pas. Le sac à main de ma mère est là, la gueule ouverte, laissant entrevoir une panoplie de fioles de la pharmacie. Son manteau traîne sur le divan et ses souliers, lancés dans le couloir qui mène à sa chambre, semblent me dire : « La route sera longue. » Je m'avance jusqu'à sa porte et l'entends pleurer. Je cogne. Les sanglots cessent et, quelques instants plus tard, une voix enrouée me dit :

— Oui. Qui est là ? C'est toi, Alicia ? Il y a des fruits dans le frigo si tu veux une collation. J'étais fatiguée et j'ai dû rentrer du travail pour me reposer. Je te verrai tantôt ma chouette.

Je souris de voir que, malgré son malheur et son mal de vivre, elle s'occupe de ses ouailles, tant bien que mal. Je me fais connaître :

— Maman, c'est John.

— John ! lance-t-elle, dans un cri de panique. Voyons, qu'est-ce que tu fais ici ? Tu devais rentrer à 9 h 30, après ton travail.

— Est-ce que je peux entrer ? Je t'expliquerai.

— Oui, bien sûr.

Maman est tout habillée, étendue sur son lit, des mouchoirs épars jetés sur sa table de chevet ; la scène trahit son état de détresse. J'apprends qu'elle est allée à son rendez-vous chez le médecin et que les nouvelles ne sont pas bonnes. Le cancer agressif est confirmé. Il faut passer en mode traitement immédiatement et ensuite, peut-être, à la chirurgie.

— Mais John, je ne peux pas arrêter de travailler. Comment allons-nous vivre ?

— Maman, fais passer ta santé en premier et on s'organisera pour le reste.

— Mon patron ne peut me garantir mon poste si je prends un congé prolongé. C'est une petite entreprise et j'ai peu de protection.

— Au pire, tu pourras recevoir de l'assurance-emploi et je travaillerai plus d'heures. Je paierai certaines choses et on réussira à s'en sortir.

— Il n'y aura pas assez de sous, John. J'ai déjà de la difficulté en ce moment et, comble de malheur, l'assurance-vie de ton père est presque tout écoulée.

– Maman, il y a le legs de Pépère pour mes études. Si je signe, je peux avoir accès à l'argent tout de suite.

– Jamais John. Jamais! Tu m'entends? C'est un héritage pour ton éducation et tu le mérites. Pépère Ménard ne voudrait pas que ses volontés ne soient pas respectées.

– Maman, d'abord, tu dis à ton patron que tu pars pour des raisons médicales. Ensuite, tu te reposes et tu t'occupes de ta santé. Moi, je t'aiderai avec les finances. Ensemble, nous réussirons.

Malgré le désespoir caché derrière ses yeux, son sourire parle sans qu'elle ajoute un seul mot. Maman apprécie l'aide et le secours. Comme une naufragée, elle étreint sa bouée de toutes ses forces. Mes dix-huit ans… une année dont je me souviendrai longtemps. Après qu'elle s'est endormie, je me prépare une assiette bien garnie, comme j'ai toujours faim et je monte à ma chambre, avec mon sac à dos.

CHAPITRE 16

Devant les tribunaux

J'ouvre ma porte lentement, je sens une présence. Je reste figé sur le seuil. La boîte de Pépère gît ouverte sur mon lit... Qui a fait ça ? Ma sœur Alicia fouille dans ma chambre ? Elle n'aurait certainement pas laissé la boîte sur le lit.

Le vent froid se remet à souffler... malgré les fenêtres fermées. J'en arrive à craindre d'entrer dans ma propre chambre. Une vie d'outre-tombe visite ce lieu. La frayeur m'habite et devient une hantise. Pourtant, cette boîte, je l'avais bien rangée avant mon départ ce matin. Je m'en souviens. Je ne suis pas fou. Je retrace les événements dans ma tête. Alicia est montée en voiture avec moi, alors personne n'était ici pendant la journée. Ma mère, en état de détresse, n'est certainement pas venue dans mon placard prendre une boîte de vieux papiers. Comment cette boîte s'est-elle déplacée ? Qui l'a ouverte ? Ce ne peut être que le Horla... ou encore... Je murmure, comme si je voulais réveiller quelqu'un sans lui faire peur :

— Pépère ? Es-tu là, Pépère ?

Pas de réponse ! Des frissons me glissent le long de la colonne. Je l'appelle à plusieurs reprises et me rends compte du ridicule de la situation. Je me ressaisis et fais comme si tout cela n'a jamais existé. Pépère est mort et enterré. Il ne peut revenir. C'est impossible ! Enfin, je pense. Mais, de plus en plus, avec ce qui se produit depuis un certain temps... je remets cette idée en question. Je saisis l'article de journal sorti de la boîte à mon intention, sans doute, et je le parcours des yeux.

In the Supreme Court of Ontario,
Friday, the 8th day of May 1914

Assis sur mon lit, l'article à la main, j'ai encore l'impression de partir. Une sensation de voyage, de déplacement, de vent, de tourbillon. Je ne sais plus. Je ne peux me l'expliquer. Ce doivent être les émotions et la fatigue. Les yeux fermés, je vois clairement un autre monde, un monde merveilleux par lequel je me sens attiré. De plus en plus, ces gens existent vraiment pour moi. Sont-ils devenus réels ? Je me souviens d'une citation de ma présentation sur *Le Horla*. Je retourne à mon travail me rafraîchir la mémoire et je lis :

> On dirait que l'homme, depuis qu'il pense, a pressenti et redouté un être nouveau, plus fort que lui, son successeur en ce monde, et que, le sentant proche et ne pouvant prévoir la nature de ce maître, il a créé, dans sa terreur, tout le peuple fantastique des êtres occultés, fantômes vagues nés de la peur.

La fenêtre de ma chambre s'ouvre sans que je bouge. J'en suis abasourdi. Je me pince pour voir si je suis encore réel. Outch ! Je m'approche et regarde dehors. Pépère et Florence sont là et me font signe de la main. Florence, vaporeuse et rayonnante, s'élève jusqu'à ma fenêtre et souriante, me tend une main délicate et douce comme celle d'un ange. Je la prends et elle m'emmène avec elle. Même si je ne veux pas partir, sa force envoûtante m'empêche de résister. Elle me raconte que nous voyageons vers la maison de Baptiste Ménard. Les Canadiens français sont amenés devant les tribunaux par les Écossais. Cela pique ma curiosité. Elle me dit :

— Nous sommes le 8 mai 1914 au soir, après le jugement de la cour à Cornwall. Regarde…

*　*

*

Baptiste Ménard, debout sur la troisième marche de l'escalier qui monte à l'étage, parlait de sa grosse voix posée. C'était un homme réfléchi. Médéric Poirier et Émery Ouimet, sur une marche plus basse, s'enflammaient devant le groupe de voisins rassemblés dans la cuisine, chez Baptiste et Antonia, après la traite des vaches. Les regards étaient fixés sur les commissaires d'école devenus célèbres malgré eux. Les questions pleuvaient. Tous, y compris la nouvelle institutrice, voulaient connaître le contenu de ce jugement.

— Bout de ciarge, c'est pas possible, vous emmener en cour parce que vous faites enseigner une heure par jour de français à nos enfants, lança Jérémie Quenneville.

— C'est notre droit ! En tant que commissaires, Baptiste, Émery pis moi, on a obtenu la permission

de le faire, à l'assemblée du 21 janvier dernier,
continua Médéric.

— Certain ! Il y avait même des Écossais qui
étaient d'accord ce soir-là, ajouta Émery.

— Vous avez raison. La Commission scolaire a
voté, tout le monde était pour et nous avons obtenu le droit d'enseigner une heure de français par
jour, dit Baptiste. Pas vrai, Hormidas ?

Hormidas Lefebvre agissait en tant que secrétaire du conseil et veillait à garder les documents
en ordre. Dans les situations stressantes, il bégayait
un peu.

— VVV…ous avvvvvez raison, Mmmmmon-
ssssieur BBBBaptttiste, répliqua-t-il.

— Une chance que c'est pas toi qui fais le sermon le dimanche, Hormidas ! Faudrait y passer la
journée, s'esclaffa Jérémie, de son rire contagieux.

Tous rirent de bon cœur, même Hormidas, qui
connaissait bien les boutades de Jérémie. Baptiste
ramena l'assemblée au sérieux en disant :

— Mais, les Écossais ont changé d'idée rapidement quand ça s'est su au dehors qu'on voulait que
nos enfants apprennent le français.

Des plus attentifs, soit debout ou sur le bout de
leur chaise, tous savouraient chacun des détails.
Une vraie saga. Les Canadiens français du coin
attaqués et traduits devant les tribunaux, cela ne
s'était jamais vu à Green Valley.

— Les Écossais envoient même plus leurs
enfants à l'école, depuis qu'on enseigne du français, dit Omer Brabant, un voisin.

— Y reste juste un Écossais dans l'école. Pourquoi Mademoiselle Sénécal ici présente, celle qui
a été engagée quand madame O'Neil est tombée

malade, pourrait pas enseigner en français toute la journée ? demanda William Ménard.

— Les Écossais ont droit à l'école dans leur langue, comme nous, Willie. À l'école Lancaster n° 14, où vont aussi nos enfants, ils nous ont accordé le droit, selon le Règlement 17 et avec l'approbation de l'inspecteur Jones, d'enseigner le français une heure par jour avec en plus, dix minutes de catéchisme en français. C'est ce que Mademoiselle Sénécal fait. N'est-ce pas Mademoiselle ? lui demanda Baptiste.

— Oui, Monsieur le Commissaire. Malgré le fait que j'ai plus de cinquante petits Français à l'école et un seul petit Écossais, je respecte la loi à tous les jours.

Un tumulte se préparait. L'injustice flagrante excitait les passions. Baptiste se devait de garder le contrôle des discussions. Il fit un signe à Hormidas. Cet homme bégayait peut-être, mais il pouvait siffler assez fort pour vous rendre sourd. Portant les doigts à sa bouche, il laissa sortir un sifflement perçant qui attira l'attention de tous. Alexandre Quesnel prit la parole :

— Ben dis-moi donc, qu'est-ce qu'il a à chialer, le vieux garçon Macdonald ? Y'a même pas d'enfants.

— Donald Macdonald a demandé une injonction contre nous, les commissaires, lui dit Médéric.

— Et contre Mademoiselle Sénécal, ajouta Émery.

— Bout de ciarge, voulez-vous ben nous parler en français que tout le monde comprenne. Quand tu sors tes grands mots Médéric, parsonne t'entend, protesta Jérémie.

— Donald Macdonald, un célibataire et donc il n'a pas d'enfants à l'école, comme Alexandre a dit, veut nous empêcher d'enseigner le français dans l'école. C'est clair et simple comme ça. Comme on a continué à enseigner le français une heure par jour, il nous a amenés en cour, nous et la maîtresse d'école, expliqua Baptiste.

De l'autre côté de la salle, Hector faisait circuler discrètement un flasque de p'tit blanc parmi les hommes. Chacun s'accordait une bonne rasade avant de le passer au prochain. Valait mieux ne pas faire durer la rencontre, les esprits s'échaufferaient pour rien. Albert Laferrière, criard comme pas un, ne s'était pas encore fait entendre, mais là, il y alla d'une de ses boutades à faire rougir les dames.

— Coudon, y'a pas parsonne qui a fait comprendre à ce maudit Écossais-là qu'on avait le droit d'être icitte autant que lui. Excusez, les madames, mais y me fait sacrer c't'enfant de chienne-là. Y'as-tu quelqu'un qui va y écraser sa flûte pis la poche dans le fond du gargoton? Je vous dis qu'en m'en retournant, si y'a un Écossais qui passe su mon chemin, y va en manger toute une!

Tous le connaissaient et le trouvaient drôle, mais savaient très bien que c'était un grand parleur, p'tit faiseur! Par contre, il avait le don de verbaliser ce que plusieurs n'osaient dire. Baptiste se devait tout de même de le tempérer.

— Albert, ce n'est pas une manière de régler les choses. Tu le sais bien. C'est en cour qu'il faut trouver les réponses, on n'a pas le choix.

— Pis, comment ça s'est passé en cour justement? demanda Hector Huot.

— En cour, c'est les avocats qui parlent. Nous, on dit rien. C'est frustrant de pas pouvoir s'expliquer, leur dit Médéric.

— Pis, c'est tout en anglais, je suppose ? Même en français, les histoires de cour pis d'avocats, j'ai de la misère que l'yable à comprendre, leur confia Albert.

— Des procès en français en Ontario, on verra jamais ça en cent ans ! cria Hector.

— Fais pas ton prophète de malheur, Hector. On va commencer par s'occuper de nos écoles. Toujours ben que nous autres, on croyait que notre avocat avait bien présenté nos idées, mais le juge a pas penché en notre faveur, dit Baptiste, sans broncher.

— On le sait ben, les procès sont en anglais, les avocats sont Anglais, pis le juge est Anglais. Ce serait surprenant qu'ils nous défendent, bout de ciarge, ajouta Jérémie.

Là, les répliques ne tardèrent pas. Impressionnées par les sacres, les femmes se firent silencieuses. Les hommes criaient : c'est pas juste, on a droit à nos écoles, les Écossais s'acharnent sur nous autres.

Du haut de ses cinq pieds deux pouces, Albert vociférait comme un damné :

— J'vas tous les étriper les sarpents. J'vas leur entortiller la jupe autour du cou...

Un deuxième sifflement se fit entendre et le calme revint.

— Bon, un peu de calme si vous voulez qu'on vous raconte ce qui se passe. Le jugement d'aujourd'hui dit ceci.

Baptiste sortit une feuille de papier soigneusement pliée, sur laquelle il avait pris des notes en français.

— Premièrement, il est interdit à Mademoiselle Sénécal d'enseigner, parce qu'elle n'a pas les qualifications demandées par le Règlement 17.

Hormidas l'interrompit :

— VVVoyons BBBBapttttiste, Mademoiselle SSSSénnnéccccal est la plus innnstrrrruite de tttoutes nnnous aaautttres.

— En plus, ils nous interdisent de payer l'institutrice avec l'argent des taxes des contribuables si elle enseigne en français, ajouta Émery.

— Pis, les nôtres, nos taxes, ils font quoi avec ? questionna Jérémie. Nous autres aussi, on est des contribuables !

— Deuxièmement, il est interdit aux commissaires, ça c'est Médéric, Émery et moi, de permettre l'enseignement du français dans l'école séparée n° 14 de Lancaster.

— Ça parle au yable ! On n'est pas en Angleterre icitte, on est au Canada, répliqua William.

— Attendez, c'est pas fini. Troisièmemement, on est condamnés à payer une amende de cinq piastres. Je dis bien cinq piastres chacun et tous les frais de la cour.

— C'a pas de bon sens. Ils vont vous mettre dans' rue avec toute cette histoire, dit Georgina Quesnel.

— Ben on va vous aider s'il le faut, mais on vous laissera pas tomber, renchérit Jérémie.

Et tous crièrent :

— Oui, c'est pas juste.

— Inquiétez-vous pas. On se laissera pas faire. L'avocat m'a dit qu'on peut aller en appel. Ça veut dire dans une cour plus haute. Là, assez de jasage. Médéric, sors ton violon ; pis Albert, tes cuillères. Faites danser les jeunesses un peu, qu'on s'amuse.

Armand, le frère de Médéric, sortit sur la véranda avec le violon et se mit à l'accorder. Même s'il ne jouait pas de l'instrument, c'était le meilleur accordeur de violon de la région. Un don, comme on disait dans le coin. Quelques minutes plus tard, un *reel* endiablé partit et le set carré suivit. Le père Médéric ferait chanter son violon tout aussi longtemps qu'on voudrait l'entendre. Quand les musiciens prenaient une pause, c'est Georgina qui entonnait des chansons à répondre, de sa belle voix riche et veloutée. Il y avait des gens qui partaient plus tôt, d'autres qui veillaient sur la véranda. Dans l'ensemble, le sujet de conversation revenait presque toujours à l'histoire des écoles. Bien sûr, ces bonnes gens craignaient toujours de créer de la chicane avec les voisins et même parmi les Canadiens français, mais cette fois, l'injustice était trop flagrante. On s'était engagé, on irait jusqu'au bout.

*   *

*

Au sourire de Pépère, moi, John Ménard, je sais qu'il trouve ça passionnant. Florence me prend doucement la main de ses doigts angéliques et nous repartons comme dans un rêve.

CHAPITRE 17

La gentille Lois Macdonald

— La note la plus haute, 96 %, va à John Ménard !
Félicitations ! proclame Madame Gauthier.

Quelle surprise ! La nuit précédant le test de maths a été révélatrice, mais perturbante. Malgré les voyages, je réussis à étudier et à me démarquer. Je me prends moi-même à mon propre jeu et fais en sourdine, en allant chercher mon test :

— Merci, Pépère.

À la sortie du cours et avant de prendre la route à la fin de la journée scolaire, Jess et moi allons à l'agora de l'école. Il y a un banc un peu à l'écart qui est devenu notre confident. Nous échangeons souvent avec lui. Parfois, je me demande tout ce qu'il pourrait raconter de la vie affective des jeunes comme nous, s'il pouvait parler. En s'assoyant, Jess me demande :

— Pourquoi as-tu dit « Merci, Pépère » quand Madame Gauthier t'a remis ton test ?

— Tu as entendu ?

— Pas seulement moi. C'était assez fort pour que la moitié de la classe comprenne.

– Ah, non ! Je ne m'en suis pas rendu compte.
Je dois faire attention.

– Qu'est-ce que tu veux dire, John ?

– Euh ! Rien. Je ne veux pas en parler.

– Mais moi, je veux savoir. Il y a quelque chose
qui se passe et tu ne veux pas me le dire. Pourtant,
je suis ta confidente. Tu es mon ami, John… mon
meilleur ami.

Au même moment, Alicia passe justement avec
Boudreau, main dans la main. Elle me provoque :

– Tu ne dis rien à Maman et je ne dis rien à
Lois.

Et elle continue son chemin en riant avec le
plus grand *jock* de l'école. Au même moment, mon
téléphone émet un signal de texto. Je le prends
et lis :

Btw, je suis dans le parking depuis
dix minutes. *What r u doing?* Lo.

– *Ah shit*, Jess ! J'avais oublié. Lois m'attend
dans le stationnement. Je dois partir.

– Non, je veux savoir, tout de suite. Donne-
moi au moins une piste, un indice…

– Ok, ok, Jess. Je crois avoir rencontré des personnes décédées depuis très longtemps.

– Je m'en doutais bien. Tu parles avec ton
Pépère ?

– J'ai vraiment pas le temps. Écoute, j'peux
pas t'en dire plus pour le moment, je t'expliquerai.
T'en parles à personne, promis ?

– J'ai déjà promis, John. Je tiendrai ma parole.
Ciao !

Mon téléphone sonne à nouveau, je l'ouvre :

Answer me John, Where r u? Lo.

– À demain, Jess. On s'en reparle.

Je laisse ma grande amie derrière moi, perplexe devant cette situation étrange. Même moi, je m'étonne de ce que je viens d'affirmer. C'est la première fois que je le mets en mots, que je le verbalise, que je le dis à haute voix. Je ne sais pas si cela sonne faux ou si cela concrétise ce que je vis depuis trois semaines. Dans l'auto, Lois m'accueille avec une carte.

– Bonjour Lois, qu'est-ce que c'est ?

– Ouvre et tu verras !

– Oh non, Lois, j'ai...

– Eh oui, John. C'est notre anniversaire. Ça fait trois mois aujourd'hui qu'on sort ensemble.

J'ouvre la carte, je commente sa beauté... et je lis :

L'an prochain, nous pourrons demeurer ensemble car mon père vient d'acheter une propriété tout près de l'université Carleton. Il me laissera choisir mes co-locs. Tu es mon premier choix.

Love,

Lois xox

De plus, il y a une carte cadeau iTunes de cinquante dollars.

– Lo, c'est beaucoup trop, vraiment, je ne peux pas accepter. Tu ne devrais pas faire ça.

Elle ne me laisse pas finir. Elle m'attire vers elle et m'embrasse passionnément. Pendant ce temps, je vois Jessica passer discrètement devant l'auto. Je devine qu'elle a un pincement au cœur. Reprenant mon souffle, je dis à Lois :

– Merci Lo. Tu es très généreuse. Par contre, moi...

Elle me coupe la parole :

– Je sais, je sais. Tu n'y as pas pensé. Ce n'est pas grave. Les hommes sont comme ça. Écoute, j'ai des réservations au resto. Ce soir, on sort en amoureux et après, on va chez moi, si tu veux.

– Euh, oui. Ben sûr, Lo. C'est vraiment trop. Je vais avertir Alicia que je ne rentrerai pas pour souper. Ma mère est partie pour quelques jours chez une amie avec qui elle parle beaucoup de sa maladie. C'est un appui moral important pour elle.

– Texte-la et moi, je t'emmène dans le Chinatown.

– *Wow*, j'adore la cuisine chinoise et j'ai une faim de loup.

– Je sais, c'est pour toi que j'ai choisi le restaurant.

Je texte :

Alicia,
ne serai pas à la maison pour
souper. Dans le congélateur,
repas congelés.
Gtg.
Lol, John

Lois, d'une humeur rayonnante, m'offre une soirée mémorable. Je ne m'attendais vraiment pas à ça. Après le resto, nous allons chez elle. Ses parents sont rarement à la maison et nous passons une superbe soirée. Je stresse un peu pour ma sœur et à l'idée de déménager avec Lois. Je veux prendre mes propres décisions, mais Lois peut être tellement attachante. Je ne sais plus. Je suis tout mêlé.

Malheureusement, j'ai un choc en entrant à la maison. Eh oui, ma chère petite sœur fait suer son frère encore une fois. Au moment où j'entre, la musique de Lady Gaga crie à tue-tête de sa chambre. Je remarque deux boîtes de repas congelés vides sur le comptoir avec des bouteilles de bière, vides elles aussi. Je me dis en moi-même : « Non, elle n'a pas fait ça ! » Je me précipite dans l'escalier et la musique arrête subitement. J'entends des chuchotements et du couloir, je reconnais une forte odeur de *pot*. Je tourne la poignée et je pousse, mais la porte est coincée. J'ordonne fermement :

— Alicia, tu ouvres cette porte maintenant, sinon je la défonce. Je compte jusqu'à trois. Un, deux, trois.

Je donne un bon coup d'épaule. La porte s'ouvre à moitié, retenue par ma sœur, en slip, poussant en sens contraire et criant :

— Tu n'as pas le droit d'entrer dans ma chambre. Va-t-en !

Ma sœur ne fait pas le poids contre mon gabarit et doit lâcher prise. J'ai eu le temps de voir Boudreau sauter par la fenêtre, en bobettes, son linge sous le bras, puis en bas du toit de la véranda. Un cri retentit :

— *Ouch ! Taba... ! F...* ma cheville !

Se cachant les seins d'un bras, Alicia prend un chandail sur son lit pour se couvrir. La menaçant du doigt, je crie, ce que je fais très rarement :

— Tu t'habilles et tu descends immédiatement. C'est inacceptable, Alicia ! Me comprends-tu, c'est inacceptable ! Tu as cinq minutes, pas plus.

Je sors et je redescends. J'ai appuyé sur chaque syllabe et je vois dans ses yeux qu'elle a compris que je suis très sérieux.

Cinq minutes plus tard, en pyjama et en pleurs, Alicia descend l'escalier, craintive de ce qui l'attend. Est-ce que je vais le dire à notre mère ? Est-ce que je lui fais la morale ? Je ne sais réellement pas encore. Je ne suis qu'un jeune de dix-huit ans. Mon père me manque énormément. Je le sens tout près de moi et je lui demande de m'aider. Je prépare un pot de café. Je ne sais si cela aide, mais j'ai vu les adultes le faire. De toute façon, cela ne peut pas nuire, vu l'état de ma petite sœur. Je m'assois avec elle et pendant de longues heures, je lui pose des questions et la fais parler. Pour la première fois depuis des mois, je communique réellement avec Alicia. Quand à Boudreau, je lui souhaite une fracture à la cheville. Il est mieux de se faire discret... sinon, je lui règle son compte. Alicia est tombée dans son piège de tombeur de jeunes filles. Ce soir, je suis arrivé à temps. Demain ? Il faut que j'accepte qu'elle fasse des erreurs... mais pas avec lui.

     John et le Règlement 17

CHAPITRE 18

Mister l'Inspecteur

Pendant la conversation avec Alicia, j'entends un bruit sourd provenant de ma chambre. Je ne réagis pas immédiatement, mais quand, tard le soir, je monte me coucher, épuisé, la boîte de Pépère gît à l'envers sur le plancher de mon placard, les papiers à moitié sortis. Soit la fatigue, soit la récurrence de l'incident font que je ne réagis pas avec autant d'intensité. La peur ne disparaît pas, elle s'apprivoise lentement. Encore une fois, le froid, le vent et LA présence m'appellent. Je suis convaincu que Pépère est mon Horla.

Je ramasse le tout et me couche en serrant très fort la boîte de Pépère contre moi. Avant de sombrer totalement dans les vapeurs, j'ai conscience de dire :

— Pépère Horla, amène-moi voyager avec toi.

Je commence vraiment à y croire. Avec la peur, je ressens quelque chose d'apaisant. Je ne comprends pas tout ce qui se passe, mais je deviens de plus en plus intrigué par cette double vie. La voix de Florence me ramène dans le passé.

*   *

*

Depuis les Fêtes, l'inspecteur Jones en était à sa troisième visite à l'école de Lochiel nº 11. Normalement, il n'y en avait qu'une par semestre, mais je ne m'en plaignais pas puisqu'il était très poli et gentil à mon égard. Malgré tout, la nervosité se lisait sur mon visage. Pour une maîtresse d'école, la visite de l'inspecteur exigeait toujours des préparatifs. Les enfants furent impeccables. Exceptionnellement, ils avaient tous revêtu leur habit du dimanche. Comme *Mr.* Jones arrivait après le dîner vers deux heures trente, j'en profitai pour bien ranger les choses avec quelques élèves. Les autres s'assuraient que les mains et les ongles étaient propres. Léo, dehors au puits, pompait de grandes chaudières d'eau limpide. On se passait le peigne, s'assurant de l'avoir essuyé avec de l'alcool entre chacun pour éviter la propagation des poux.

L'inspecteur arriva. Les enfants se présentèrent un à un, dans toute leur splendeur. Après avoir questionné les élèves pendant une heure, il les envoya à la récréation. Nous restâmes seuls dans l'école pendant que les cris des enfants nous parvenaient par la porte grande ouverte.

Les pommiers étaient en fleurs et j'avais un bouquet de lilas sur ma table. *Mr.* Jones le huma profondément et me complimenta. Je le remerciai sincèrement. Il me dit que j'avais la vocation, que je réussissais avec amour à faire apprendre aux enfants. Je rougissais, il en ajoutait. Faisant le tour de la table où j'étais assise, il me demanda de voir les résultats de mes élèves. Je le sentais tout près de moi. Son parfum me chatouillait les narines. Je

        John et le Règlement 17

pris le cahier pour lui tendre et, d'un geste galant, il prit ma main en me disant qu'on regarderait ensemble les notes. Il redéposa le cahier devant moi en me caressant les doigts. Je me sentais mal à l'aise, mais je ne voulais pas offenser *Mr.* l'Inspecteur. Sa main frôla mes cheveux bien coiffés. D'autres compliments sur ma tenue et ma coiffure appuyèrent ses propos. Je commençais à me poser des questions, à savoir si c'était vraiment les notes qu'il voulait voir. Son autre main se posa sur mon épaule et je la sentis courir dans mon dos. Figée, je ne savais que faire. Au moment où sa main passa sous mon bras et se posa sur… j'en perdis le souffle et…

— Mademoiselle Florence, Éphrème a reçu la balle en plein visage et il saigne du nez, débita Léo, tout énervé.

Je me précipitai dehors à la rescousse de mon petit Éphrème, qui s'en tira avec une chemise blanche tachée de sang et une grosse prune sur le front pour quelques jours. J'étais triste pour Éphrème puisque sa mère, d'une sévérité à vous donner la chair de poule, lui réservait certes un traitement pire que la douleur de l'ecchymose.

Pour ce qui est de l'incident dans la classe, jamais rien ne fut dit. Avait-il vraiment eu lieu ? Je ne savais plus. Plus tard en soirée, j'en étais encore troublée… et cela resta longtemps dans mon for intérieur.

Au mois d'août 1914, entre les foins et les récoltes, les commissaires durent placer une annonce dans les journaux pour remplacer Mademoiselle Sénécal, à l'école séparée n° 14 de Lancaster. Sous les pressions de l'inspecteur, le certificat de cette enseignante n'avait pas été reconnu et donc, son contrat ne fut pas renouvelé. Évidemment, mon oncle Médéric vint me faire une visite. Assise sur la véranda avec Rover, je vis sa jument gravir la grande côte, après avoir traversé la rivière Beaudette. Il attacha les guides de son attelage au poteau de la barrière menant à l'écurie et monta sur la galerie. Il me salua, s'installa à mes côtés, flatta mon chien, sortit sa blague et se bourra une bonne pipée de tabac canadien.

— Ma belle Florence, je sais que tu t'es engagée avec ton beau Louis, mais penses-tu que tu pourrais enseigner à nos enfants à l'école n⁰ 14 pour la prochaine année ?

— Mon oncle, je pense que vous allez faire bien plus de peine à mon beau Louis qu'à moi. Moi, j'aime tellement ça l'enseignement, vous pouvez pas savoir.

— Je veux pas que tu perdes ton prétendant, c'est un ben bon parti. Il se propose d'acheter une terre dans la sept[1]. Vous allez pouvoir fonder une bonne famille dans une couple d'années. Surtout que là, la guerre est partie dans les vieux pays. Rien n'est garanti pour nous autres. Le Canada pis l'Angleterre sont comme ça.

Et il montra de ses gros doigts de cultivateur, son index et son majeur collés ensemble.

— Dites-moi pas mon oncle que la guerre va prendre ici.

— J'crérais pas, n'empêche que les hommes peuvent être forcés d'y aller. Hector en parlait au magasin hier après-midi. Les Anglais pis les Français sont en guerre contre les Allemands.

____

1. La septième concession du canton de Lancaster, tout près de Green Valley.

— En autant que mon Louis décide pas d'aller se faire tuer de l'autre bord.

— J'penserais pas, avec une belle créature comme toi de ce bord icitte.

— Vous êtes drôle vous. D'un côté, vous me demandez d'enseigner pour votre école et de l'autre, vous me dites que Louis a bien hâte de me marier.

— Faut être réaliste ma petite fille, en autant que Louis peut attendre encore un peu, t'es la seule dans le coin avec les certificats, qui peut enseigner le français aux enfants.

— Mais ça pourrait être une enseignante de l'extérieur.

— Nous autres, on préférerait quelqu'un du coin. Quelqu'un qui comprendrait les troubles qui se passent de ce temps icitte.

— Vous savez pas le plaisir que vous me faites en me demandant ça, ce soir. Enseigner le français à nos enfants me tient vraiment à cœur. J'enseignerais même à mes sœurs et frères !

— C'est pas pour rien que je te demande ça. L'inspecteur Jones doit aussi accepter. J'espère que ça ne posera pas problème ? Tu t'arranges bien avec ?

— Très bien. Il me complimente beaucoup sur mon travail avec les enfants. Parfois, ça me gêne…

— Profites-en pendant que ça dure. On sait jamais, avec les Anglais. Bon, alors tu envoies ta lettre à *Mr.* l'Inspecteur et on attendra sa réponse.

— Cette année, je dois renouveler mon certificat de maîtresse d'école. Je ferai la demande en même temps, mon oncle.

Il repartit, heureux de sa rencontre et me laissant, moi, craintive de l'avenir. Louis accepterait-il de m'attendre encore ? Serais-je acceptée à l'école n° 14 ? Devrais-je me soumettre aux courtoisies de *Mr.* Jones ? Les Écossais nous empêcheraient-ils d'enseigner une heure de français par jour ? Tant de questions, de préoccupations et si peu de réponses.

Je fus acceptée sur-le-champ. L'inspecteur Jones me recommanda immédiatement. Sans le vouloir tout à fait, j'entrais dans une grande aventure qui me conduirait à des décisions fort difficiles.

Le début de septembre 1915 fut mémorable. Tout heureux de revenir en classe, les enfants m'accueillirent chaleureusement dans leur école. L'inspecteur Jones vint très tôt en septembre, faire sa première visite. Comme j'avais la grande Délima Quenneville avec une cheville foulée, elle ne pouvait aller à la récréation, *Mr.* Jones fut beaucoup plus discret. Je n'eus besoin que d'un moment pour comprendre qu'il me trouvait attrayante. J'effaçais le tableau et quand je me retournai, il était très près de moi. Je dus passer entre le tableau et lui. N'osant plus bouger, je sentais sa respiration tout près de moi. Il me prit la taille pour m'aider à passer, en m'attirant vers lui. Évidemment, je rougis et m'excusai poliment. Il réussit tout de même à me faire entendre que la présence de Délima l'indisposait dans son travail. Je lui répondis que je ne pouvais l'envoyer dehors avec la cheville tout enflée. D'ailleurs, je restai debout afin d'éviter tout contact. Il quitta l'école plutôt contrarié et m'indiqua qu'il reviendrait bientôt.

Le 1ᵉʳ octobre, les commissaires reçurent une lettre de *Mr.* l'Inspecteur. Les Commissaires

                                    John et le Règlement 17

et moi nous réunîmes à l'école pour en prendre connaissance.

— Ben voyons, Émery, c'est clair. Le cher *Mr.* Jones dit que Mademoiselle Quesnel a pas de certificat pour enseigner, ou mon nom est pas Baptiste Ménard.

— Mais elle a demandé un renouvellement, répondit Émery.

— Certain, mais Jones doit subir la pression des Écossais et, d'après moi, y'a changé son capot de bord, renchérit Médéric.

Hormidas ajouta :

— Vvvvoici la lettre de l'insssspecteur qui dit que Mmmmademoiselle Florence peut enssssseigner.

— Et moi, je viens de recevoir celle qui dit le contraire, répondit Baptiste en soupirant. Les enfants sont heureux et ils apprennent bien avec elle. Moi, je dis qu'on garde Mademoiselle Florence.

Tous appuyèrent son choix, mais je sentais qu'on n'était pas au bout de nos peines.

* *

*

Le 13 octobre 1914

Mon cher Louis,

Cela fait déjà trois semaines que tu n'es pas venu me voir. Je m'ennuie. L'automne s'annonce et les journées raccourcissent à vue d'œil. La fraîcheur du soir m'enchante, lorsque déposée sur un coucher de soleil rosé se reflétant dans la rivière au bas de la côte. Le bonheur que je vis auprès de mes enfants à l'école me fait pleurer de joie. Par contre, quand je pense à toi, blessé par le report de notre mariage, les larmes de joie et de tristesse s'en-tremêlent. Je sais que tu m'as proposé le mariage immédiatement et qu'on attendrait que je termine l'année pour avoir des enfants. Louis, on ne peut pas empêcher la famille, le curé le répète assez souvent. Je ne t'aime pas moins pour autant, mon beau Louis. Viens me visiter, je comprends ta peine et mon cœur est déchiré de t'avoir déçu.

Je t'aimerai toujours mon p'tit loup,

Florence

* *
*

En silence, Pépère m'indique une trace de larme sur le vieux papier jauni. Assis sur mon lit, nous en avons les yeux pleins d'eau. À notre prochaine rencontre à trois, Pépère va confirmer à Florence que d'après lui, elle était vraiment douée. Mon grand-père est réellement avec moi. Maintenant, je n'ai plus de doute : les spectres de Florence Quesnel et de Pépère me font voyager dans le temps. Un jour, je raconterai au monde entier que j'ai vécu avec les revenants. Peut-être que j'écrirai ma vie avec les fantômes du Règlement 17. Ce serait passionnant, n'est-ce pas, Pépère ? Je me retourne pour voir sa réaction, mais il est parti, volatilisé. Par contre, je sais qu'il reviendra. Trop de choses dans cette histoire demeurent mystérieuses.

CHAPITRE 19

La querelle

Allo John, où es-tu?

> Chez moi. Pourquoi
> Jess?

Faut s'parler. On peut se voir?

> Tout de suite? Y'a un
> problème?

Je ne sais pas. Peut-être.

> Omg, tu me fais peur. Au
> Tim's, dans 15 minutes.

OK, merci. Ttyl.

> A+ John.

Je trouve le texto un peu étrange. Ce n'est pas dans ses habitudes. Quelque chose ne va pas. Même si j'ai plein de choses à faire, il faut que je la rencontre.

Assis devant un café latté, nous nous sommes isolés dans un coin du restaurant. Sans attendre, Jess s'empresse de tout me raconter.

– Tu sais, John, que tu es mon meilleur ami et qu'on se dit tout. Je pense que j'ai fait une gaffe.

– C'est si grave que ça ? Qu'est-ce qui ne va pas ?

– Ben, hier, j'ai pris l'autobus et je suis allée magasiner au Walmart...

Elle s'arrête, me jette un regard furtif, baisse la tête et enchaîne :

– Au Walmart, dans le West End... Honnêtement, je voulais rencontrer Lois. Il fallait que je lui parle.

– Quoi ? Qu'est-ce qui se passe au juste ? Ça ne pouvait pas attendre ? C'était si urgent que ça ?

– Oui. Tu me connais. Quand j'ai quelque chose sur le cœur, il faut que ça sorte. Je voulais en avoir le cœur net.

– Ça, c'est ben vrai. Vous vous êtes pas chicanées, toujours ?

– Ben, c'était pas mon intention ! Je voulais juste mettre les choses au clair. En tout cas, quand je suis entrée dans le magasin, je l'ai cherchée partout. J'ai fait le tour, pis j'ai demandé à voir Lois. La caissière m'a dit qu'elle travaillait aux vêtements pour dames, à l'autre bout du magasin. Je me suis dirigée là, pis je l'ai aperçue dans la section des sous-vêtements. Elle était en train de servir une cliente. J'ai attendu patiemment que la cliente s'éloigne et je l'ai abordée. Elle était surprise de me voir là et m'a dit, en hypocrite, qu'elle était contente de me voir. « Allo Jess. *Wow!* Qu'est-ce que tu fais ici ? » « Ben, rien de spécial, je commence à magasiner pour trouver ma robe de *prom*. » Là, tu sais comment Lois peut être hautaine et malicieuse. Elle s'est mise à jouer le jeu de l'associée de Walmart : « Jess, chez Walmart, nous avons une belle sélection de robes de soirée, même pour les petits budgets… Je vais t'aider à trouver quelque chose qui t'ira à merveille ! » J'ai choisi trois robes pour les essayer. Quand je sortais de la cabine d'essayage, elle faisait ses commentaires, pour me faire chier : « Ah ! celle-ci ne te va pas bien. La couleur n'est pas dans ta palette. Non, vraiment pas celle-là ! Elle ne tombe pas bien et te fait vraiment paraître grosse et trapue. Celle-là est trop serrée ! Désolée, mais elles ne te vont pas bien. » Ses commentaires et son air fendant ont eu vraiment beaucoup d'effet sur moi et je pense que ça paraissait sur mon visage. Puis, j'ai éclaté quand elle m'a demandé : « Là Jess, maintenant que tu n'es plus avec Kev, qui va t'accompagner au *prom* ? » « Je ne sais pas. Je n'y ai pas pensé. » « Il va falloir te dépêcher, ma chère. Il ne reste plus beaucoup de temps pour te faire un autre *chum*. On en parlait justement l'autre soir, John et moi. » « Ah oui ? Vous parliez de moi ? » « Ben oui. On trouvait ça ben plate, ce qui est arrivé entre toi et Kev. Vous formiez un si beau couple ! C'est vraiment triste, votre histoire. *I feel sorry for you two.* » Je me suis contentée de la regarder droit dans les yeux. Elle n'a pas bronché puis a continué son p'tit manège : « En tout cas, John et moi, c'est sérieux ! On s'est promis de rester fidèles. C'est pour ça Jess, que j'aimerais que tu voies moins mon *chum*. Ça fait jaser l'monde. *You know what I mean.* » J'lui ai répondu : « Ben John, c'est mon ami ! Les autres peuvent ben penser ce qu'ils veulent ! » Elle a fait : « Ouin, Jess, mais mets-toi à ma place ! » avec son p'tit air fatiguant. Pis, elle n'arrêtait pas : « À votre école, c'est plein de rumeurs qui circulent au sujet de John et toi. C'est Kev lui-même qui m'a envoyé un texto. Il m'a dit de faire attention si je tenais à John et si je ne voulais pas que ça finisse comme toi et lui. » « Aye, tu me connais mieux que ça, Lois Macdonald. Tu sais bien qu'il n'y a rien entre John et moi. C'est juste un bon ami, rien de plus. » « Tu dis ça, mais depuis quelques semaines, je trouve que John a changé. Il agit vraiment *weird* avec moi. On dirait qu'il m'évite! J'veux que tu le voies moins souvent! Comprends-tu? Pis, en passant, j'ai toutes lu les conversations entre Kev et toi et j'ai ben vu que tu parles dans mon dos avec lui. Pis j'étais pas de bonne humeur quand j'ai vu les photos de toi et John assis sur le banc à l'école! Faut pas me prendre pour une idiote, Jessica Poirier! *I'm blond but I'm not dumb.* » « Aye! Rajoute-z-en pas! Écoute-moi Lois. Je te le répète. John, c'est juste un ami pis, en passant, y'é assez grand pour savoir ce qu'il a à faire. T'as juste à lui en parler, si t'es pas contente! Moé, j'ai pas l'intention de rien changer pour faire plaisir aux autres. » Elle continuait : « En tous cas, John est à moi. *He's mine, I don't want to lose him!* Là, arrête de lui tourner autour, *bitch*! Ça sera mieux pour tout le monde. *Is that clear?* »

— Pis là, qu'est-ce qui s'est passé?

— Ah! là, John, je n'en pouvais plus. Elle m'a piquée au vif, après m'avoir traitée de *bitch*! Moi, j'avais juste l'intention de lui dire d'arrêter de parler de moé dans mon dos et de dire des faussetés sur moé mais là, c'a mal fini. Je l'ai regardé froidement. Je voulais lui arracher les yeux et la langue. Elle m'a regardée et m'a fait un large sourire. Le coup est parti sans que je le veuille. Je lui ai ramené une tannante de bonne claque en pleine face. Son sourire, elle l'a perdu, c'a pas été long. Là, je lui ai lancé la robe que j'avais dans les mains, je lui ai tourné le dos et j'ai pris la direction de la sortie. Elle, c'est fini. Je ne veux plus jamais la revoir, ni lui parler. C'est rien qu'une maudite folle !

— Ben, voyons donc !

C'est tout ce que j'ai pu trouver à dire. Jessica a parlé sans arrêt, défilant toute son histoire. Ouf ! C'était intense ! Il faut que je tente d'arranger les choses en essayant de rester neutre. Alors, je lui demande :

— Bon… Qu'est-ce que tu comptes faire maintenant, Jess ?

— Je ne sais pas. C'est pourquoi je tenais à t'en parler. Qu'est-ce que t'en penses, toi ?

— Moi ? Je trouve que j'suis un peu mal placé pour te conseiller. J'suis un peu mêlé à tout ça sans le vouloir. D'un côté comme de l'autre, vous avez de bonnes raisons. Mais moi, je suis pogné entre l'arbre et l'écorce. Je ne sais pas trop quoi te dire. Mais, la claque, ça sera pas facile à faire digérer à Lois. Pourquoi ne pas prendre un peu de recul ? Laisse la poussière tomber pis, dans quelques jours, on s'en reparlera.

Elle hésite longtemps et me répond enfin :

— Ok. T'as raison. Probablement que je dramatise trop. Au fond, j'aurais dû t'en parler avant et ne pas aller la confronter à son travail. Le temps va peut-être arranger les choses.

— C'est la bonne chose à faire, Jess, crois-moi.

— Merci, John. On se voit à l'école demain ?

— Certain, Jess. On y va ?

— Oui, on y va.

J'aurais voulu lui dire que Lois et moi, ça ne va pas très bien ces derniers temps. J'aurais voulu lui raconter toute l'histoire de la carte et du resto, mais le moment était mal choisi. J'espère que les choses s'arrangeront avec le temps, mais je n'y crois pas vraiment. Je sens que le pire est à venir.

CHAPITRE 20

Monsieur le curé

Rien ne se passe depuis une semaine. C'est peut-être le stress que je vis avec Lois et toute l'histoire avec Jessica. Je n'ai pas revu Pépère depuis que nous avons lu la lettre de Florence Quesnel. Ce soir, je sens que le moment est venu de visiter l'autre monde. Je me concentre et, peu après, je sens la présence de Pépère et Florence. Ils se sont assis à mes côtés et me semblent bien sérieux. Je me rends compte qu'on est dans un lieu sacré, probablement un presbytère. Il y a un grand bureau de bois massif avec quelques chaises. Florence me chuchote à l'oreille :

— Tu reconnais les trois hommes assis là-bas ? Ce sont les commissaires d'école : Médéric Poirier et Baptiste Ménard, avec leur secrétaire Hormidas Lefebvre. Ils sont nerveux parce qu'ils rencontrent le curé Campbell de la paroisse Saint-Raphaël pour plaider leur cause.

* *

*

Le curé fit son entrée. Il s'assit derrière son bureau et prit le temps de ranger soigneusement la paperasse qui s'y trouvait. Il leva les yeux, se racla la gorge et leur dit avec un accent écossais très prononcé :

— Bonjour, Messieurs. Quel bon vent vous amène aujourd'hui ? Je devine que ça doit être important. Je n'ai pas l'habitude de vous voir en plein mercredi.

Baptiste parla en premier :

— Bonjour, Monsieur le curé. On voudrait d'abord vous remercier de bien vouloir nous recevoir. Nous savons que vous êtes bien occupé, alors on va aller droit au but. Comme vous n'êtes pas sans le savoir, nous sommes vraiment désolés des derniers événements. Nous avons été poursuivis en cour pour notre travail de commissaires. Cela nous cause beaucoup de soucis et nous venons vous voir pour vous demander de nous aider.

— En quoi est-ce que je peux vous aider au juste ? Je ne suis qu'un curé, pas un avocat.

Impatient, Médéric enchaîna :

— Très juste, Monsieur le curé, mais vous êtes un homme de Dieu et les paroissiens vous aiment bien. Nous, on pensait que vous pourriez nous aider en faisant entendre raison aux paroissiens écossais qui nous font la vie dure. On aimerait vous demander d'intercéder en notre faveur, pour corriger cette injustice envers nous. Il nous semble que si vous leur parlez, ils vous écouteront.

— C'est m'accorder beaucoup de pouvoir, Messieurs. Vous savez, toute cette cause me chagrine. C'est bien malheureux de voir mes paroissiens divisés ainsi. Vous comprendrez que le fait que cette cause soit devant les tribunaux m'empêche de prendre parti. D'ailleurs, Monseigneur l'évêque Macdonell, d'Alexandria, a été catégorique : « Il ne faut pas se mêler de cette affaire, mais laisser la justice suivre son cours. » Les directives de mon supérieur sont très claires à ce sujet. Je m'en voudrais de lui désobéir.

Hormidas, à son tour, prit la parole :

— Nous com...prenons, Monsieur le curé, mais... vvvvous pou...rriez au moins parler à vos paroissiens éco...ssais, tout en res...tant neutre !

— Je viens de vous le dire, c'est une affaire délicate et ce n'est pas de mon ressort. C'est bien dommage de voir mes paroissiens s'entredéchirer pour des riens. C'était tellement mieux avant. C'était l'harmonie entre les Anglais et les Français et maintenant... Ah ! Toute cette affaire m'attriste tellement.

— Justement, Monsieur le curé, reprit Baptiste. Tout ça doit finir. Nous, on a fait que notre devoir. On a agi pour le bien de nos enfants, pas pour faire de la chicane. La grande majorité des élèves de l'école sont des Français. On ne pensait pas mal agir et on a toujours respecté la loi. Comme le Règlement 17 l'exige, la maîtresse que nous avons engagée enseigne le français seulement une heure par jour, puis le catéchisme pendant dix minutes. Il me semble que c'est raisonnable ! Nous sommes poursuivis injustement, Monsieur le curé.

— Écoutez, ce n'est pas à moi de faire votre procès. Si on juge que vous avez mal agi, il faudra bien en subir les conséquences. Non, je regrette, mais dans les circonstances, il m'est impossible d'intervenir en votre faveur. *I'm very sorry!*

— Parfait, Monsieur le curé. Vous nous refusez votre aide. Nous sommes très déçus. Quand même, merci, de nous avoir reçus, conclut Médéric en se levant de sa chaise.

– La porte est toujours ouverte pour mes paroissiens. Allez dans la paix du Seigneur.

À la sortie du presbytère, Médéric s'empressa de dire tout haut ce que tous pensaient :

– Batèche de batèche, que ça me choque. C'est injuste. Le curé dit qu'il doit rester neutre mais, d'après ce qu'il vient de nous dire, je comprends juste de quel bord il est, pis c'est pas du nôtre !

Dans la montée, ils aperçurent au loin un marcheur qui venait vers eux. À sa démarche, Hormidas le reconnut.

– Aye, vvvvvous autres, c'est Don…ald Mac… donald quiiii vient !

– T'es sûr, Hormidas ?

– Ben ouiiii ! Juste à leee voir marcher, chus sûr que que c'est lui, l'vieux gar…çon éco…ssais !

– Si c'est lui, j'pense que j'pourrai pas me retenir. J'vais lui dire ma façon d'penser, batèche !

– Monte pas su' tes grands ch'vaux, l'beaufrère. Laisse-moi y parler dans face.

Lorsqu'ils se croisèrent, ils se saluèrent poliment, puis Baptiste engagea la conversation.

– Ben, si c'est pas Donald Macdonald, celui-là même qui nous cause tous ces tracas ! J'espère que t'es ben fier de toé pis de toutes les misères que tu nous causes !

– J'ai pas l'goût d'en parler, surtout pas à vous autres. Pis, *anyway*, on m'a averti de pas parler aux accusés.

– T'aime ça, hein, le trouble, Macdonald ! Un vieux garçon comme toé, c'a rien d'autre à faire dans vie.

– Ben moé, chus pas poursuivi en justice.
J'ai bien fait, j'étais dans mon droit. Le juge Fal-
conbridge m'a donné raison. C'est vous autres, les
trouble-makers. Vous n'avez pas le droit d'engager
une maîtresse pour enseigner en français, pis de la
payer avec nos taxes.

– J'te reconnais bien là, Macdonald. Toi, un
Catholique, t'es pire que tous les Orangistes que
je connais. Ils doivent ben rire de nous autres, les
Protestants. Voir les Catholiques à couteaux tirés !
Pis ça, c'est de ta faute ! C'est toé qui as demandé
une injonction contre nous. Tu mériterais qu'on
te casse la *yeule* mais, nous autres, on n'est pas
comme toé. Tu devrais avoir honte, vieux mal à
main !

Baptiste se tourna vers les autres :

– Venez-vous-en les hommes, on s'en va. Ça
sent pas bon icitte ! Une odeur de pourriture, pire
que dans les bécosses en plein été.

Baptiste reprit tranquillement ses esprits après
que Macdonald eut tourné les talons et continué
sa route.

– Ben là, on est fixés. J'pense qu'il nous reste
juste une chose à faire. On va d'mander à voir
notre évêque. C'est lui qui donne les directives ?
Ben, on va y parler ! Hormidas, va falloir aiguiser
ton crayon. On va lui écrire une lettre à Monseigneur l'évêque. Comme on dit par chez nous : « Un
chien a ben l'droit de r'garder un évêque, c'est pas
une si grosse bête ! »

– Ben dit, Baptiste, s'exclamèrent Médéric et
Hormidas, le sourire revenu sur leur visage.

*　　*

*

– Ouin, c'est sérieux Pépère. Les esprits s'échauffent. J'pensais qu'ils étaient pour se battre ! Une chance pour Macdonald ! Si Baptiste n'avait pas gardé son sang-froid, il lui aurait arrangé le portrait. Il a les mains larges comme des portes de grange, pis il a l'air fort comme un bœuf ! Ça me rappelle les Orangistes de Cornwall, à ta sortie de l'hôpital. Toi aussi, comme Baptiste, t'avais de la difficulté à garder ton calme. Je comprends mieux maintenant pourquoi t'étais dans tous tes états.

– Monsieur Baptiste Ménard, c'est toute une pièce d'homme, John. Mais, c'est pas un batailleur. Il a une bonne tête sur les épaules, s'empresse d'ajouter Florence.

– Pis, est-ce qu'ils ont écrit la lettre après ça ?

– Sois patient mon grand, l'histoire est loin d'être finie. Il est temps de partir maintenant.

CHAPITRE 21

La séance de spiritisme

Cet après-midi, il y a une activité au gymnase pour tous les élèves, mais je n'ai vraiment pas le goût d'y aller. Je veux prendre un peu de temps pour réfléchir à tout ce qui m'arrive dernièrement : les visites de Pépère, ma relation avec Lois et mon amitié pour Jess. Alors je quitte l'école.

Dès mon arrivée chez moi, je suis envahi par un sentiment étrange. Ma mère n'est pas là. Elle est partie tôt ce matin avec son amie pour ses traitements de chimio et ne rentrera que plus tard dans la soirée. En refermant la porte d'entrée, j'entends du bruit. Des murmures sourds parviennent jusqu'à moi. Tout de suite, je pense que c'est le Horla ou bien Pépère, qui font sentir leur présence. Je suis curieux de savoir ce qui se passe, alors je monte l'escalier sans faire de bruit, en évitant de faire craquer les marches. J'arrête sur la dernière pour écouter et tâcher de trouver d'où peuvent bien venir tous ces bruits étranges. C'est alors que j'entends une voix qui répète :

— Pépère, Pépère.

Ça semble venir de ma chambre. Mais qu'est-ce qui peut bien se passer là, à cette heure de la journée ? Je m'approche nerveusement. J'ai les jambes molles, les mains moites et le cœur qui palpite. Je prête l'oreille. Les murmures semblent sortir de tous les coins de la maison. Je tourne délicatement la poignée et jette un coup d'œil dans ma chambre. Étonné, j'aperçois, à travers la porte entrouverte, une lueur tremblotante, qui se reflète sur tous les murs. Puis, j'entends une voix féminine qui chantonne :

— Pépère, Pépère, es-tu là ? Donne-moi un signe de ta présence. Fais un bruit ou bouge un objet.

À ma droite, je repère Alicia, assise par terre avec trois autres jeunes filles, autour d'une chandelle allumée. La boîte de Pépère gît au beau milieu du cercle avec plein d'articles et de photos éparpillés sur le plancher. Je suis à la fois fâché et amusé devant cette scène étrange. Sur le coup, j'ai le goût d'entrer en trombe et d'engueuler Alicia, mais l'idée me vient de jouer le jeu et de donner une bonne frousse à ces écervelées.

J'entends une de ses amies dire :

— Ça marche pas ! Moi, j'crois pas aux fantômes ! C'est rien que des histoires inventées pour faire peur au monde.

— Sois patiente, Mireille. J'ai lu sur Internet qu'il faut provoquer les esprits pour qu'ils réagissent. Ça vaut la peine d'essayer, non ? Pépère, si tu es là, manifeste-toi. Si tu ne fais rien, c'est que tu n'as pas de pouvoir. Tu es faible, tu n'existes même pas. Donne-nous un signe de ta présence.

Le moment est bien choisi pour passer à l'action. Je referme la porte doucement et redescends.

Sur la dernière marche, j'applique tout mon poids pour m'assurer de produire plusieurs craquements, comme si quelqu'un montait l'escalier. J'entends alors ma sœur dire à ses amies :

— Vous avez entendu ? Des bruits de pas. Pépère, c'est toi ?

Je poursuis mon petit manège. Cette fois, je me mets à frapper plusieurs coups sur les murs avec mes poings. Je m'amuse follement et j'ai peine à retenir mon fou rire. J'imagine la tête que font Alicia et ses amies. Puis, la cerise sur le *sundae*. D'une voix grave et lancinante, je fais :

— C'est moi... c'est Pépère...

Les filles crient et se bousculent. Elles sortent en courant vers la chambre d'Alicia et claquent la porte derrière elles. Jamais elles ne me voient, caché dans la pénombre. Ensuite, je descends à pas de loup vers l'entrée. J'attends quelques instants, fier de mon coup. Puis, je fais comme si j'arrivais à la maison. Je m'assure de faire beaucoup de bruit. Je laisse tomber mes espadrilles sur le plancher, marche vers la cuisine, ouvre le frigo et me verse un verre de jus, avant de crier :

— Maman ! C'est toi ? Tu es rentrée plus tôt que prévu ?

J'entends alors des bruits de pas précipités, dans le corridor et Alicia se pointe dans l'escalier :

— John ? C'est toi ?

— Oui, Alicia. Tu n'es pas à l'école ?

— Non, toi non plus, ç'a ben l'air ! Ça ne me tentait pas d'aller à l'activité, alors j'ai invité des amies à la maison. On jase dans ma chambre.

— Ah bon ! On a eu la même idée alors. Dis, Alicia, je vais mettre de la pizza au four pour souper. Ça te va ?

— *Whatever*. Mes amies vont partir bientôt. Elles ne soupent pas ici.

En montant dans ma chambre, je sens encore l'odeur laissée par la chandelle qu'elles viennent d'éteindre en toute hâte. Alicia a pris soin de tout ranger, en un temps record.

Assis avec Alicia devant la télé pour manger notre pizza, je décide de tout lui dévoiler. Elle continue à mastiquer sans dire un mot, mais je sens bien la colère monter en elle. Puis, elle éclate quand je lui dis :

— Depuis la visite de Boudreau, je croyais que c'était entendu entre nous que plus jamais on allait dans la chambre de l'autre sans permission. Tu as déjà oublié ta promesse ?

— John Ménard ! Toi, tu ne te gênes pas pour envahir mon espace vital ! Tu me surveilles tout le temps. Tu joues à l'espion. Laisse-moi donc respirer un peu ! Je ne fais rien de mal !

— Non, mais je t'interdis d'entrer dans ma chambre et de fouiller dans mes affaires, compris ? Il me semble que c'est clair !

Elle prend sa dernière bouchée, se lève du divan et tourne les talons en me disant, d'un ton exaspéré :

— Ok ! J'ai compris ! T'as pas besoin de me faire un dessin ! Pis tes *jokes* plates, j'peux m'en passer.

Je suis satisfait. Je lui ai fait une bonne frousse et je suis convaincu qu'elle ne remettra plus jamais les pieds dans ma chambre.

Ma mère rentre vers 20 h.

— Allo, Maman. Comment sont allés tes traitements ?

— Bien, mais je suis morte de fatigue. Je vais m'étendre, John. On jasera demain si tu veux bien.

– Ok. À demain.

Je ne lui mentionne ni la « visite » de Pépère et la mésaventure d'Alicia, ni que nous avons quitté l'école tôt. Je monte à ma chambre et, sur ma table de travail, je trouve un article de journal. Alicia a probablement oublié de le ranger dans la boîte. En le prenant dans mes mains, je déchiffre sur le papier jauni :

Journal Le Droit – Le vendredi 16 octobre 1914 — Cause des écoles de Green Valley : Les commissaires Ménard et Poirier doivent payer l'amende.

CHAPITRE 22

Une impression de déjà-vu

Je fais sûrement un cauchemar, car je suis seul dans la pénombre. J'ai beau appeler Pépère, c'est peine perdue. Il est absent. Je ressens une angoisse terrible, une profonde solitude. En un grand tourbillon, une force occulte m'aspire irrésistiblement dans un gouffre sans fin. Je ne peux pas bouger, mon corps est esclave d'une puissance surnaturelle. Hypnotisé, je n'ai plus la volonté de résister.

– Pépère, es-tu là ?

J'attends en vain dans la nuit sombre et horriblement silencieuse. Je crois devenir fou ou pire, je crois que je suis mort ! Enfin, après un moment qui me semble une éternité, je perçois des sons presque imperceptibles. J'ouvre les yeux. Je reconnais les lieux. C'est la même salle, la même école. J'y ai déjà assisté, avec Pépère, à la réunion où Médéric Poirier et Baptiste Ménard ont été élus commissaires, sans opposition. Cette fois, je suis au milieu de la salle, mais personne ne peut me voir. Sur le tableau noir, je lis :

School meeting – December 30th, 1914 –
Lancaster Separate School No. 14.

Je n'y comprends rien. La date a changé, mais j'ai une impression de déjà-vu. Je reconnais les visages et le décor, à croire que je refais le même rêve.

*   *

*

Écossais et Canadiens français étaient assis séparément dans la salle. La réunion fut très courte, se résumant à une séance d'élection, au terme de laquelle le président de l'assemblée se leva et annonça, à mon étonnement :

– Suite à la démission de M. Émery Ouimet, *Mr.* John Macdonald est élu sans opposition. Suite à la démission de M. H. Lefebvre, *Mr.* Alexander B. McDonald sera notre nouveau secrétaire. J'en profite pour vous féliciter et vous souhaiter une Bonne Année 1915.

Puis, tout le monde sortit, moi le dernier. Dehors, je m'approchai du groupe de Canadiens français, qui gesticulaient entre eux :

– Baptiste, t'es sûr que c'était la bonne chose à faire ? Tu penses vraiment qu'ils vont nous laisser tranquilles asteure ?

– Ben, ça peut pas nuire, Médéric. Comme on en a déjà parlé, y pourront pas dire que la commission est dirigée par une clique de Canadiens français qui veulent juste faire du trouble. Y'a des Écossais maintenant, qui font partie de la commission scolaire. Y vont ben finir par nous sacrer la paix !

Émery Ouimet regarda Hormidas Lefebvre et lança :

— En tout cas, Hormidas pis moé, on n'a pas démissionné de gaieté de cœur. D'une manière ou d'une autre, on est dans c't'affaire-là jusqu'au cou. Pas vrai, Hormidas ?

— Tu dis vrai... Éme...ry. Pis, on vvv...ous laiss...ra pas tomb... tomber.

— On vous croit dur comme fer, les amis. Pis, j'en profite pour vous inviter chez moi pour le réveillon. Vous allez voir que ça fête fort chez Baptiste Ménard. Là, y faut que je parte. Antonia m'attend avec toute une liste de choses à faire pour vous recevoir comme du monde.

Chacun partit de son bord, sauf moi. Je restai là, sur le perron de la petite école de rang. J'eus l'impression qu'on m'observait, qu'on rôdait tout autour de moi. Je me tournai et aperçus Florence et Pépère, qui me regardaient sans parler. Je compris qu'ils avaient assisté à la réunion.

*　*

*

— Vous étiez là, Pépère, hein ? Vous étiez là tout l'temps. Pas vrai ? Alors, pourquoi m'avez-vous laissé tout seul ?

— Nous voulions que tu sois seul parce que tu es déjà venu icitte. Tu n'avais pas besoin de notre aide.

Florence me regarde et enchaîne :

— Maintenant, reviens à ton époque, John. C'est terminé.

CHAPITRE 23

Les deux solitudes

Je dois agir maintenant. C'est inacceptable ! Cette fille ne répond plus à mes attentes. Elle est agressive et mesquine. Sa jalousie l'amène à s'en prendre à mes amies. Ce qu'elle a fait à Jess est impardonnable. Je dois prendre mes distances.

Cette réflexion me vient naturellement après ma rencontre avec Jess, sur notre banc confident. En route vers mon travail, je rumine ce que je dois dire à Lois. Pas de solution facile. Je me dois de lui parler directement… mais seulement après la fermeture du Walmart. Je l'inviterai à prendre un café chez Tim's. Non, pas une bonne idée. Si elle réagit mal, je ne veux pas être parmi une foule. Mais où ? Je ne peux penser à un autre endroit. Bon, allons-y pour le Tim's.

Elle me rencontre dans la salle des employés, chez Walmart. Elle a détaché quelques boutons de sa blouse et je remarque sa respiration rythmée. Lois ne me donne pas le choix. Elle est extrêmement attrayante et, de son air de séductrice, elle en profite pour m'enlacer et m'embrasser passionnément. Heureusement, nous sommes seuls. Ce qu'elle peut être ambivalente ! Je succombe à la tentation et passe ma main à l'intérieur de sa blouse. La porte s'ouvre et Madame Salib, la gérante, les yeux hagards, se racle la gorge bruyamment en nous voyant. J'en suis tellement gêné. En attachant sa blouse, en replaçant ses cheveux et en riant, Lois dit d'un air désinvolte :

— John, je t'avais dit de ne pas faire ça parce qu'on se ferait prendre. Il est tellement affectueux avec moi, Madame Salib. Un vrai *Teddy Bear*. À tantôt !

Elle sort en faisant un clin d'œil à sa patronne, qui n'a aucunement l'air d'apprécier. Je m'excuse pour nous deux, quittant la pièce avant que la patronne ne réplique. Tout en marchant vers ma section du magasin, je reçois un texto de Lois :

Rofl, as-tu vu ses yeux ? Tu es
dans la merde. Lmao. Lo.

Je réponds :

Pas drôle ! Etk, je te rencontre au Tim's, à 9 h.

Ooooou ! Monsieur est choqué.
Ok à 9 h. *Love*. Lo.

Tout au long du trajet, je repasse dans ma tête comment je vais lui annoncer la nouvelle. Ce ne sera pas facile. Je la trouve très attachante, mais après ce qui s'est passé depuis un certain temps, je ne peux plus accepter notre relation. J'ai l'impression qu'elle pressent qu'il y a quelque chose de sérieux et elle fait tout en son pouvoir pour éviter d'en parler. Elle ne me facilite pas la tâche.

 John et le Règlement 17

En entrant au Tim's, Lois rit frénétiquement de mon expression lors de l'incident et essaie de minimiser :

— Voyons John, ce n'est pas grave. *It was hilarious.*

Elle trouve cela vraiment cocasse. Moi, pas.

— C'est méchant ce que tu as fait, Lo. Je risque de perdre ma *job*. Moi, j'ai besoin de travailler.

— Mais non, tu ne risques rien. J'ai déjà parlé à Madame Salib et lui ai expliqué... que tu avais le sang chaud..., que tu me plaisais beaucoup... et que je m'organiserais pour que cela n'arrive plus.

Et elle éclate de rire à nouveau.

— Jess... Oups ! Excuse, Lo. Tu as été...

Lapsus impardonnable ! Son humeur change instantanément, du tout au tout.

— Pardon ! Comment tu m'as appelée ? Jess... comme dans Jessica Poirier ?

J'ai fait l'erreur, je l'assume. Je plonge tête première. Advienne que pourra !

— Bon, parlons-en de Jess...

— Non, je ne veux pas en parler. Je ne veux plus entendre son nom et je t'interdis de la voir, cette petite *bitch*-là.

Je reste bouche bée, étonné du ton agressif et du propos. Je me ressaisis et me comporte comme un boxeur dans une ronde à finir.

— Écoute Lois Macdonald, tu ne me diras pas qui je dois voir ou ne pas voir. Jess est une amie et ta petite crise de jalousie au magasin, la semaine dernière, était inexcusable.

J'ai rarement réagi aussi promptement. J'en suis surpris moi-même. La réplique suit, virulente.

— Si tu es aveugle, moi je ne le suis pas. C'est une petite vache qui veut me voler mon *chum*, et mon *chum*, c'est toi. Et ça n'arrivera pas! Il n'y a pas de place pour elle et moi dans notre relation.

— Lois, tu m'étouffes, tu veux me contrôler tout le temps. Tu veux même choisir mes amies.

Je sors mon iPhone, passe en mode Facebook et lui mets sous le nez la page de Kevin.

— Et c'est quoi ça? Kevin et toi dans les bras l'un de l'autre, et les traces en rouge de ton baiser sur sa joue, fièrement montrées par ton amoureux. C'est un ami à l'école qui me l'a signalé.

Elle essaie de jouer à la vierge offensée.

— C'est ça, tu m'espionnes maintenant. Si tu veux savoir, ce n'est rien du tout. Je te le jure. Parfois, Kevin et moi, on s'amuse. *It's a joke!* (Elle prend son allure de chatte.) Écoute, John, on arrête la chicane. D'accord? Le chalet de mes parents est libre en fin de semaine. On part ensemble à Wakefield. Il y a un spa. Ça va être *hot*. Tu me comprends?

— Non, Lois. Tu as fini de décider pour moi. C'est fini entre nous. Moi, je ne veux pas être étouffé. Désolé. J'ai besoin qu'on prenne du recul, pour un certain temps.

— *Oh yeah!* Bien, c'était quoi la main dans ma blouse *in the employee's room*?

— Excuse. J'aurais pas dû, Lo. Ça veut pas dire que t'es pas attrayante et tu le sais très bien. C'est toi qui m'as fait des avances. De toute façon, on peut rester amis… si tu veux.

La tempête se préparait. Je ne suis pas au bout de mes peines. Rouge de colère, Lois se lève, prend son cabaret et me le lance : tasse, café, assiette, bagel, tout y passe.

     John et le Règlement 17

— Si tu penses, John Ménard, que je vais te laisser partir comme ça ! *Never !* La Jessica Poirier va me le payer cher et toi aussi, *asshole !*

Elle crie à tue-tête. Tout le monde nous regarde. Détrempé de café, je ramasse les pièces de vaisselle brisées en lui disant :

— Jess n'est pas ma blonde. J'en ai pu de blonde. J'en veux pu non plus. Jess, c'est une amie, comme avant, pas plus, pas moins. C'est-tu clair ?

— Amie, *my ass ! You're full of shit !* Tu me fais tellement chier, Ménard. Tu vas le regretter. Je t'haïs la face ! Pis, t'as pas fini avec moi !

Et elle part en furie.

Du coin de l'œil, je remarque le gérant qui sort de derrière le comptoir, pour voir ce qui se passe. À ce moment-là, je me fous des gens et du gérant. Je la suis à l'extérieur pour éviter qu'elle fasse d'autres conneries. Elle marche à toute vitesse en criant des obscénités. Une bruine froide tombe. Elle ne s'en rend même pas compte. Je saute dans ma voiture et je l'aborde. Je descends ma fenêtre.

— Lois, arrête de niaiser et embarque. Je te reconduis chez toi.

Elle me fait le doigt d'honneur pendant qu'elle parle au téléphone. Je l'entends dire :

— *Come and get me Dad...*

Elle se tourne vers moi et me lance :

— Si tu penses que je niaise... tu te trompes !

Puis, elle loge un violent coup de pied dans la portière de la voiture de ma mère. J'en suis abasourdi. L'auto portera longtemps la marque de l'imbécillité de Lois Macdonald. Je décide qu'il n'y a rien à faire et je me sauve. L'image de son visage noyé de larmes, de pluie et de colère me colle à la peau. Je suis traumatisé, j'ai besoin d'en parler.

Dès le moment où j'entre à la maison, j'aperçois ma mère étendue sur le divan. Elle se réveille et m'interroge au sujet de mon travail. Je m'effondre, les larmes coulent. Je ne veux pas lui causer de souci, mais le trop-plein doit se vider. Même si elle appréciait beaucoup Lois, ma mère se fait compréhensive et chaleureuse. Je pleure la rupture de ma relation avec Lois, mais, intérieurement, je pleure aussi de voir ma mère souffrante, coiffée d'une tuque à toute heure du jour et de la nuit. Parfois, la vie me semble tellement compliquée et exigeante. Alicia, qui n'en finit plus de vivre son adolescence en se lançant dans une bêtise après l'autre, Maman qui est aux prises avec le cancer, et moi, en rupture de relation. Ma seule évasion, c'est le spectre de Pépère. Est-ce possible ? Je ne sais plus. Mais, ces gens que je visite là-bas dans un autre monde, semblent avoir une vie plus simple. Ce soir, je ne comprends plus rien, à la mienne.

Je monte à ma chambre et, comme à l'habitude depuis la mort de Pépère, le Horla a fait son œuvre. La boîte est encore sortie. Épuisé, je m'étends sur la paperasse. Florence et Pépère ne vont sans doute pas tarder.

CHAPITRE 24

Un rêve d'enfant

En route vers Alexandria, entassés dans le boggie et excités par la grande sortie, nous discutions de la guerre. La famille se dirigeait vers l'église du Sacré-Cœur, nouvelle paroisse française depuis 1909, dotée d'un vrai bel édifice en pierre avec de beaux vitraux et un orgue Casavant. Mon père nous amenait à la messe au Sacré-Cœur, de temps à autre. Cela faisait bien différent de Saint-Raphaël, où tout se passait en anglais. De plus, le curé permettait aux magasins d'ouvrir une heure de temps après la messe, pour ravitailler les familles les plus éloignées. Avec mon salaire d'enseignante, j'en profitais pour gâter mes sœurs et frères. Évidemment, je donnais le gros de ma paye à mon père, mais je m'en gardais toujours un peu pour mes besoins. Avec sept frères et sœurs, c'était apprécié. Rodrigue, huit ans, demanda :

— Est-ce que je peux être un soldat, moi ?

— Tu sais mon garçon, être soldat, ça veut dire tuer du monde. Tu veux pas tuer du monde à ton âge ? s'enquit mon père.

Blanche, treize ans, ajouta :

— Rodrigue, tu ne feras pas un bon soldat, t'as peur à la noirceur.

— C'est pas vrai! Ça, c'était quand j'étais petit!

Leur échange déclencha un fou rire général.

— Écoute, Rodrigue, intervint ma mère, la guerre, c'est pas bon. Les gens se tuent pour rien.

— Quand on ira au magasin après la messe, je te montrerai la liste de soldats morts au combat. Des gens d'ici, de notre région qui se sont fait tuer dans un autre pays, loin, loin d'ici. Ils ne reviendront jamais.

— Ben, moi je veux un fusil, comme le soldat sur l'affiche, à l'église anglaise.

Nous assistâmes à la messe dominicale et sur le perron, après les annonces du bedeau Groleau, les paroissiens jasaient fort. L'un prétendait qu'il fallait envoyer nos jeunes hommes au front. L'autre rétorquait qu'après avoir perdu plus de 6 000 soldats à la bataille d'Ypres, au mois d'avril, on devait y penser deux fois avant d'envoyer nos enfants se faire tuer de l'autre bord. Il y eut même vent d'une conscription, ce qui souleva une certaine inquiétude. Les hommes célibataires obligés de s'enrôler, c'était notre main-d'œuvre sur les fermes. Qu'est-ce qu'on ferait sans eux? J'eus des sueurs froides en pensant à mon Louis. De leur côté du perron, les dames discutaient du fait qu'apparemment, dans les villes, les femmes travaillaient dans les industries de fournitures de guerre. Certaines disaient que ce n'était pas la place d'une épouse. D'autres trouvaient très intéressante l'idée d'avoir un salaire. Le monde entier, bouleversé par cette guerre, nous influençait, même dans notre quotidien.

Au magasin John Simpson & Sons, sur la rue Principale, on trouvait de tout. Attroupés devant la porte du commerce, les gens vérifiaient la liste de morts au combat et espéraient ne pas y voir le nom d'un des leurs. Les enfants devaient attendre patiemment dans le boggie. *Mr.* Simpson n'aurait pas permis que toute la famille entre en même temps. Il y avait d'autres clients. Étant l'aînée, je pouvais offrir à mes frères ou sœurs de m'accompagner à l'intérieur, mais un seul par visite. Aujourd'hui, Omer, six ans, entrait dans un magasin pour la première fois de sa vie. Il se préparait depuis des jours. Maman lui avait appris à cirer ses bottines. Il les avait tant frottées que, malgré le cuir fatigué d'être passé d'un enfant à l'autre, on pouvait s'y mirer. Ses yeux n'arrêtaient pas d'être éblouis par la quantité de marchandises. Il y avait même des soldats de plomb. Omer dut se satisfaire d'une *paparmane*, comme les autres. Il me confia, en se collant contre moi pendant le voyage de retour :

— Flo, c'est la meilleure *paparmane* au monde.

Mon cœur de jeune enseignante fut ému de le voir savourer son bonheur si simple. Il parlerait de tout ce qu'il avait vu à l'intérieur du magasin pendant des semaines.

*   *

*

Observant la scène avec les yeux d'un jeune homme vivant en 2012, j'ai une autre perception du temps et je vis à une époque plus matérialiste, plus trépidante aussi. Je dis donc à Pépère que la

complexité de ma vie ne se compare pas à la leur.
Il sourit sans répondre. Florence poursuit.

*　*
*

Le mois d'août avançait. Je savais que malgré
les amendes et les poursuites, les commissaires
allaient prolonger mon contrat avant l'échéance
de la fin décembre. Je ne pouvais les laisser tomber, j'avais signé, j'honorerais mon engagement.
J'aimais de plus en plus l'enseignement et en cette
période trouble, je me sentais d'autant plus responsable. Personne ne désirait me remplacer et je
trouvais important pour nos enfants d'apprendre
dans notre langue. L'injustice flagrante envers eux
était inacceptable. Nous ne voulions rien enlever
aux Écossais, nous voulions simplement avoir
droit à notre place, dans cette société à laquelle
nous avions contribué depuis le début de la colo-
nisation. La bataille s'intensifiait et je faisais partie
de la résistance. Pauvre Louis !

Nous étions réunis à l'école, Baptiste Ménard,
mon oncle Médéric Poirier et moi-même, Florence
Quesnel. Je me souviens encore de la date : le
16 octobre 1915, une journée d'automne froide,
humide et pluvieuse.

— Mais, c'est impossible Monsieur Baptiste,
vous avez déjà été traîné une fois devant les tribunaux.

— Vrai comme je suis là, Mademoiselle Florence, les Écossais nous amènent encore en cour,
D. Macdonald à leur tête.

À l'aide du tisonnier, Médéric brassa le feu et
ajouta une bûche d'érable.

— C'est ben pour dire, on pensait qu'ils arrêteraient. Ben non, ça recommence. En plus, c'est rendu à Toronto, ma petite Florence. Y veulent pas payer de taxes scolaires pour l'enseignement en français.

— Ben, on se laissera pas faire, ou mon nom c'est pas Baptiste Ménard. Y'a toujours une limite.

Baptiste se leva, prit une éclisse de cèdre, la plongea dans le poêle et la retira, pour allumer sa pipe.

— On d'mande pas la mer à boire, bonyeu ! On veut juste une heure de français par jour, comme la loi le dit. C'est notre droit, pis nos enfants ont le droit d'apprendre leur langue.

— Vous avez raison Monsieur Baptiste. Si on n'enseigne pas le français à nos enfants, toutes nos belles familles canadiennes-françaises vont devenir anglaises. On n'est pas des Anglais, on est des Français.

— Ma petite Florence, t'as jamais dit aussi vrai. Si les Écossais ont perdu leur langue gaélique, c'est toujours ben pas de notre faute. Pourquoi qui s'acharnent à nous empêcher d'apprendre la nôtre ? continua Médéric.

— Y paraît que depuis le début septembre, il y a plus d'enfants écossais à l'école ? me demanda Baptiste.

— C'est certain. L'an passé, il n'y en avait plus du tout. Cette année, il y en a cinq qui viennent régulièrement.

— C'est curieux tout de même. Ils les retirent de l'école, pis là, ils les retournent. Il y a quelque chose derrière ça, dit Médéric.

— Mon oncle, je pense que c'est pour voir si j'enseigne encore en français.

– C'est certain ! Ça leur prend des preuves en cour. Les couleuvres, ils se servent de leurs enfants comme espions, constata Baptiste.

– Mais, vous enseignez toujours en anglais toute la journée ? me demanda mon oncle.

– Moi, je ne déroge pas à la loi. Tout est en anglais, sauf après dîner, d'une heure à deux heures pour le cours de français et de quatre heures à quatre heures dix pour le catéchisme en français.

– Vous êtes bonne de pas virer ça dans notre langue plus souvent, surtout avec cinquante et un enfants français à l'école.

– J'espère qu'un moment donné, je pourrai l'enseigner plus longtemps qu'une heure par jour.

– Ben ton oncle pis moé, on s'en va à Ottawa lundi prochain. On prend les gros chars à Alexandria, le Grand Trunk Railway.

– Oui, mam'zelle ! On s'en va rencontrer un avocat du nom de Napoléon Belcourt.

– Un avocat qui parle français. Vous allez pouvoir lui expliquer votre cause dans votre langue. C'est vraiment bien. J'ai souvent vu son nom dans le journal *Le Droit*.

– En plus, c'est le président de l'ACFÉO, l'Association canadienne-française d'éducation de l'Ontario. Eux autres défendent les Canadiens. Pis supposé qu'il est pas mal bon.

– Depuis 1913, j'ai lu plusieurs choses au sujet de cette association, dans le même journal. Quand je peux l'avoir, évidemment. Quel est le sujet de la nouvelle poursuite, si vous permettez que je vous le demande, Messieurs ?

– Tiens-toi ben, ma fille ! Écoute ben ça ! Les Écossais nous amènent en cour une deuxième fois, mais pour mépris du jugement du juge Falcon-bridge.

— Mais on fait juste suivre la loi !

— Pas d'après eux autres, Mademoiselle. En plus, cette fois, on est menacés de prison.

— Pas vrai !

— Tu vois-tu, ton oncle pis moé, en prison ? Sarpent de sarpent, on a des familles à faire vivre pis des terres à cultiver.

— On reculera pas pour ça ! Les Canadiens français du coin nous appuient. On continue.

— Je vous trouve vraiment courageux.

— Mais faut pas que tu nous laisses tomber, Florence.

— Mon oncle, c'est dans la tempête qu'il faut se serrer les coudes.

*　*

*

Anxieux de connaître la tournure des choses, je bombarde le spectre de Pépère de questions :

— Pépère, est-ce que c'est vrai tout ce qu'ils disent ?

— Vrai comme je suis là !

Il souligne cette blague en faisant entendre son beau rire gras. Cette sonorité, qui remonte du tréfonds de mon enfance, me fait venir les larmes aux yeux.

— Qu'est-ce qu'ils vont faire, Pépère ? Est-ce qu'ils vont gagner ? Est-ce qu'ils vont aller en prison ?

Pépère me regarde et me dit calmement :

— Sois patient, mon garçon.

À mon réveil, je me rends compte que je reviens du monde de mes ancêtres. Je vis dans deux mondes. Je ne comprends toujours pas la raison de tout cela. J'en suis de plus en plus passionné. Les personnages deviennent tellement réels, que je vis presque avec eux. Mon univers se transforme et devient le leur. Ma vie se lie à leur vécu. Je n'aurais jamais rien su de tout cela sans le spectre de Pépère. Bizarre!

CHAPITRE 25

Trois jours sans iPhone !

Quelques jours plus tard, je navigue sur Facebook et je tombe sur la page de ma chère sœur Alicia. Certains des messages attirent mon attention : « Quoi ? Ton ambition dans la vie, c'est de devenir *Squeegee* et *Squatter* Ménard ? Pas mal comme nouveau nom. »

J'imprime les messages et les lui apporte dans sa chambre.

— *Get out!* Je veux pas te voir ! Je veux pas te parler.

Je l'ignore et mets les messages devant elle :

— Qu'est-ce que c'est ça, Alicia ? Ça veut dire quoi ?

— Pas de tes affaires ! Je niaisais avec mes *friends*. Pis, sors de ma chambre.

— Alicia, pense-z-y même pas, Ok ?

— Va-t-en ! Tu me diras pas quoi faire.

Je comprends qu'il n'y a rien à gagner, alors je sors, préoccupé encore une fois. Je la trouve tellement irresponsable. C'est samedi et normalement, je travaille au Walmart. Depuis quelque temps, mes heures sont réduites. Cette fin de semaine, rien. Pourtant au début juin de l'année dernière, j'avais de la difficulté à concilier les deux : mon travail et mon école. Il y a quelque chose qui cloche. Tout à coup, j'y pense : Lois. Madame Salib est donc trompée par les mesquineries de Lois. J'imagine que Madame la marquise Lois de Barrhaven pense que je vais la texter pour savoir si elle a des heures ou s'il y a des changements dans le personnel. Jamais. J'entends ma mère qui revient de l'hôpital, elle devait rencontrer son spécialiste. Je descends.

— Bonjour, Maman, tu as des nouvelles ?

Silence. Elle est assise sa tuque entre les mains, alors qu'elle ne l'enlève jamais devant personne. La tête lisse comme un caillou poli, immobile, les yeux vitreux, fixant le néant, elle murmure :

— Ça ne va pas.

Silence. Aucun mouvement. Une statue de sel.

— Maman ? Qu'est-ce qui se passe ?

On entend la grosse musique pop américaine de Madonna prendre son envol, de la chambre d'Alicia.

— Un instant, je reviens.

En débranchant son système et en la menaçant de le jeter par la fenêtre, je fais comprendre à ma sœur que Maman va mal. Elle se réfugie derrière ses écouteurs en faisant fi de mes menaces et de la condition de notre mère. Pour toute réaction, j'ai droit à une grimace et à :

— J'peux pus vivre icitte ! Une vraie prison !

Je m'occuperai de ma sœur plus tard, ma mère ayant la priorité. Je redescends et mon iPhone m'indique un texto. J'allume. C'est Jess.

Pk des photos de toi et Lois dans
mes livres d'école ?

Je ne comprends rien de rien. Je réponds :

Dsl, je ne comprends pas.

Des photos de toi et Lois etd vous
embrasser, avec ta signature,
Love, John. Pas *cool* !

C'est sûrement Lois.

J'aime pas ça ! Gtg. Jess

Elle semble vexée et insultée… avec raison. Une autre brique qui m'assomme. Lois n'en démord pas. Un vrai *pittbull*. Elle s'acharne. Elle s'attaque à ma *job* et à mes amies. J'arrive au salon. Ma mère n'a pas bougé, sauf pour une larme, qui coule sur sa joue. Je prends un mouchoir, m'assois près d'elle et essuie la larme doucement. Je parle à voix basse :

— Maman, parle-moi. Qu'est-ce que le spécialiste t'a dit ?

Immobile, elle murmure d'une voix monocorde et sans émotion, comme venue d'ailleurs :

— John, je vais mourir.

Un long silence. J'essaie de comprendre l'information avant que l'émotion ne prenne le dessus.

— Qu'est-ce que le spécialiste t'a dit au juste, Maman ?

Elle se tourne vers moi, me regarde droit dans les yeux et me dit :

— Je vais être opérée.

— Bon, donne-moi les détails, Maman. Quand ? Quelle sorte d'opération ?

De sa voix caverneuse, elle me répond :

— Les traitements n'ont pas donné les résultats désirés. Ils me feront une mastectomie, lundi matin.

Elle détourne la tête et fixe à nouveau le néant. Je ne sais plus quoi dire. J'ai les émotions tout à l'envers. L'estomac me fait mal. Une nausée me monte à la gorge. Je me lève et je cours aux toilettes. Je pleure, je vomis, j'en veux au monde entier. Je suis en état de panique. Pendant quelques minutes, je marche de long en large dans la salle de bain. Je dois retourner auprès de ma mère. Les larmes sortent sans que je puisse les arrêter. Je me jette de l'eau froide au visage. J'essaie de me refaire une contenance. Je respire tellement que j'hyperventile. Je dois sortir. Ma mère a besoin de moi. Ma sœur n'est pas en mesure de comprendre. Je ne veux pas perdre ma mère. Au décès de mon père, ce fut terrible pour moi. Puis, celui de Pépère ! Je ne veux pas... « Ressaisis-toi ! me dis-je. Ta mère s'en sortira. »

Ça y est, je sors. Toujours au même endroit, Maman ne bouge pas. Je m'approche et lui dis :

— Je t'aiderai Maman, mais promets-moi de ne pas mourir...

Je fonds en larmes. Elle me colle contre elle et, sur le même ton monocorde, répond :

— Je ne promets plus rien à personne, John. Je n'en ai plus la force.

— D'accord, Maman, mais moi je vais te donner ma force, pour que tu t'en sortes. Je vais toute te la donner.

Le grand vide qu'elle ressent transparaît dans sa voix, qui ne change toujours pas :

— Lundi, on va m'enlever un sein, John. Je ne serai plus jamais la femme que j'étais. Depuis la mort de ton père, je souffre de solitude. Je m'ennuie. Beaucoup. Qu'est-ce que ce sera quand vous partirez, toi et ta sœur ? Jamais je ne pourrai refaire ma vie. Pour une femme, c'est la fin. Ma vie s'arrête ici, John.

— Dis pas ça, Maman. Regarde pas si loin, s'il te plaît. Je suis ici aujourd'hui. Je serai à tes côtés lundi. Tu prendras ma force et tu l'utiliseras pour écraser ce cancer. Il faut y croire, Maman.

— Bien sûr, John, je prendrai tout ton amour. Tu es mon plus grand réconfort dans la vie. J'ai beaucoup de choses à régler avant lundi. J'aimerais que tu m'aides.

— Tu verras, je m'occuperai de tout.

— C'est trop, John. Alicia doit être surveillée de très près. Elle est fragile. Elle est instable et se cherche beaucoup.

J'allais dire : « Ma sœur est pas fragile, elle est folle. » Mais je préfère retenir le commentaire.

— Ce s'ra pas facile. Elle m'écoute pas du tout. Elle pense que j'suis son ennemi. Si seulement elle savait !

— Je vais lui parler. Les mamans ont des arguments qui ne lui laisseront pas le choix. De toute façon, il faudra qu'elle s'y fasse.

— Je sais, mais elle est vraiment sur une autre planète.

— Elle reviendra à elle. C'est temporaire.

— Je l'espère.

— Fais-moi confiance, je sais. Il faut que j'aille à la banque…

Ma mère m'énumère toutes les consignes à suivre et me donne tous les renseignements, comme si elle signait son arrêt de mort : le nom et le numéro de téléphone de son avocat, les comptes en banque, le casier de sécurité et la clef, le prêtre et…

À ce moment, j'interviens et lui dis :

– Non, Maman ! C'est pas nécessaire. Tu reviens avec moi à la maison, dès la semaine prochaine.

Pendant les trois jours suivants, j'arrête les aiguilles du temps. Je fais ce que Pépère aurait fait. Je m'occupe de ma mère. J'éteins même mon iPhone et le laisse dans ma chambre. On rit, on pleure, on cause jusqu'à tard dans la nuit. Le dimanche, elle veut aller à la messe et je l'accompagne. On va au resto. Elle a parlé à Alicia. Tout semble être organisé. Le lundi, je la sens prête. Couchée sur son lit d'hôpital, elle me paraît petite et frêle. Je tiens sa main moite et tremblante. Avant qu'elle traverse les grandes portes de la salle de chirurgie, je lui souffle à l'oreille :

– Prends ma force, Maman, je t'aime. Tu la sens. Je te la transmets.

Sereine, mais les yeux mouillés d'angoisse, elle me sourit et serre ma main très fort.

Les portent s'ouvrent...

CHAPITRE 26

Les conneries d'Alicia

Pendant ma période libre, mon téléphone sonne. C'est ma mère! Je suis surpris, car elle est en convalescence à la maison depuis trois semaines. Elle est encore faible et dort presque tout le temps.

— John, peux-tu venir à la maison? C'est urgent!

— Tu me fais peur, Maman. C'est quoi?

— Je suis bien inquiète. C'est Alicia! L'as-tu vue à l'école, ce matin?

— Non. Qu'est-ce qui se passe? Ne me dis pas qu'elle a encore fait une connerie?

— J'aimerais mieux que tu viennes tout de suite.

— Ok. Le temps de prendre mes affaires et j'arrive.

Quand je rentre à la maison, je trouve ma mère dans tous ses états.

— Je te le dis, John. Elle s'est sauvée de la maison. J'avais mis ses vêtements propres sur son lit et ils ne sont plus là. J'ai regardé dans son placard et j'ai vu que sa petite valise noire n'y est plus. Elle a pris sa brosse à dents et ses autres effets personnels dans la salle de bain. Je suis certaine qu'elle fait une fugue.

– Hein ? Y doit bien y avoir une explication.

– J'ai téléphoné à l'école, John. La secrétaire m'a dit qu'elle était absente ce matin. Elle ne s'est pas rendue à ses cours. J'ai peur qu'il lui soit arrivé quelque chose. Ce n'est pas son genre d'agir comme cela. As-tu une idée d'où elle pourrait être allée ?

Je voudrais dire à ma mère que ça ne me surprend pas, mais je me tais, pour ne pas l'énerver davantage.

– Non, mais on va la retrouver, Maman. J'vais m'informer auprès de ses amies. Elle ne doit pas être bien loin.

Ma mère est vraiment en pleine crise de panique. J'en veux beaucoup à Alicia. Comme elle peut être sans cœur et égoïste. Qu'est-ce qui se passe donc dans sa petite cervelle ? Elle ne réfléchit jamais aux conséquences de ses gestes et au stress qu'elle nous cause, surtout à ma mère, déjà à bout avec son cancer. Maman ne se remet que difficilement de son opération. Elle n'a pas besoin de ça. Ah ! Vraiment ! Je ne la trouve pas drôle !

Je me sens un peu responsable de ce qui arrive. Depuis la mort de mon père, je dois garder un œil sur Alicia. La p'tite vache m'a souvent fait suer, mais là je ne l'ai pas vue venir. Si je l'avais devant moi, j'pense que je l'étriperais !

Mais, je me ressaisis et tente de calmer ma mère, désespérée et désemparée. Elle s'imagine les pires scénarios.

– On va la retrouver, Maman. Ne te fais pas de soucis. Elle est quand même pas disparue par magie ! Elle doit pas être bien loin. Laisse-moi un peu de temps, je vais la retrouver, c'est promis.

Je retourne à l'école avant la fin des cours. Je ne veux pas que tout le monde sache que ma sœur a fugué, alors j'essaie de rester discret et de ne pas montrer mon inquiétude. Je demande à ses camarades si elles l'ont vue, mais toutes me répondent par la négative. Finalement, je croise Jess dans le corridor. Je sens qu'elle veut m'éviter, alors j'insiste :

— Jess, je sais que t'es pas trop contente, mais il faut que je te parle. C'est au sujet de ma sœur Alicia.

— John Ménard, t'es pas *cool* ! Achale-moi pas, pis arrange-toé avec ta sœur ! J'veux pas t'parler, pis j'suis pressée. *Bye!*

Depuis les fameuses photos dans ses livres d'école, Jess ne m'a plus adressé la parole. Je me sens mal à cause de toute cette histoire, mais je n'ai pas eu la chance de lui parler depuis, pour lui expliquer. Encore là, ce n'est pas le moment. J'ai déjà assez du problème de ma sœur sur les bras. Comme j'en veux à Lois. Elle s'acharne sur moi et me manipule comme si j'étais une marionnette. Il faut que ça finisse. Là, c'en est trop ! Mais avant, je dois retrouver ma sœur.

Assis sur le banc où Jess et moi avions l'habitude de nous retrouver, je prends un instant pour envoyer un message sur mon compte Facebook. Je ne veux pas alarmer tout le monde, mais je veux retrouver Alicia. Alors, je pèse bien chaque mot que j'écris. Trois fois, j'ai changé mon message avant de l'envoyer :

Si quelqu'un a vu ma sœur Alicia, S.V.P. envoyez-moi un message. Je dois lui parler. C'est urgent !

J'attends quelques minutes. Rien. Personne ne l'a vue. Je pars. Je me rends en ville, aux endroits où elle va d'habitude. Aucune trace d'elle. Après une heure à me promener, une idée me vient : Boudreau. Ben oui ! Pourquoi j'y ai pas pensé avant ?

Je circule dans le quartier où il habite. Juste à prononcer son nom, je sens la rage monter en moi. Je le tiens responsable de tout ce qui arrive à ma sœur. Il l'a vraiment virée à l'envers. J'ignore son adresse, alors je gare la voiture dans un petit centre commercial et je texte des amis qui le connaissent, pour obtenir ses coordonnées. On me répond enfin. Je note l'adresse, puis je décide de lui rendre une petite visite. Peut-être qu'Alicia est chez lui, même si elle m'a juré sur la tête de ma mère qu'ils ne se voyaient plus, que c'était bien fini entre elle et lui depuis que je les avais surpris dans sa chambre. En même temps, Alicia n'arrête pas de me reprocher que c'est de ma faute si Boudreau sort maintenant avec une autre fille de sa classe.

J'y suis. Je stationne l'auto devant la maison et je me dirige vers la porte d'entrée. Je n'ai pas le goût de lui voir la face, mais je n'ai pas le choix. Je dois le faire. Je sonne. Je suis chanceux, c'est lui qui vient ouvrir. En m'apercevant, il fait la grimace :

— Ménard ? Qu'est-ce que tu fais icitte, *man* ?

— J'ai à te parler. J'peux entrer ?

— Pas sûr ! Qu'est-ce que tu veux ?

— C'est au sujet d'Alicia.

Son attitude change. Il a l'air inquiet. Il me fait un signe de tête pour m'inviter à entrer. Je le suis et nous descendons directement au sous-sol, aménagé en salle familiale. Il m'invite à m'asseoir. Devinant que c'est sérieux, il prend les devants :

     John et le Règlement 17

– On va avoir la paix icitte. On s'ra pas dérangé. Alors, qu'est-ce qui se passe avec ta sœur ?

– J'aimerais savoir quand tu l'as vue la dernière fois ?

– Tu me niaises, Ménard ! Alicia pis moé, c'est fini ça fait longtemps, à cause de toé !

Je le regarde en pleine face et je reste muet. Il comprend que je veux en savoir plus.

– Bon, *ok, man*. Ça fait au moins trois semaines. J'y ai parlé à l'école, mais c'est toute. On sort pus ensemble, *man*. C'est elle qui a cassé. Pourquoi tu veux toute savoir ça ?

– Je voulais l'entendre de ta propre bouche. Elle s'est sauvée de la maison et je la cherche. J'pensais que tu pouvais être au courant ou que tu aurais une idée d'où elle se trouve.

– J'te jure que non, *man*. J'ai aucune idée. Comme ça, elle a *runné off* ! Elle disait tout l'temps qu'elle ne voulait pus vivre chez vous, mais j'aurais jamais pensé qu'elle le ferait. T'es-tu informé de ses *friends* ?

– Oui, sans succès. Aucune trace d'elle. Personne sait où elle se cache. Je commence vraiment à stresser.

– C'est *too much, man* ! Disparaître comme ça à son âge, ça peut être *freakin* dangereux ! À votre place, j'appellerais les *cops*.

– Ouin, c'est peut-être la seule chose qu'il nous reste à faire.

– C'est de valeur que j'peux pas vous aider. Si jamais j'ai des nouvelles, j't'appelle tout de suite. Bonne chance, *dude*. Tiens-moé au courant, *man*.

Je ne sais trop quoi penser de son offre.

Je retourne bredouille à la maison. Je rumine dans ma tête ce que je pourrais bien dire à ma mère et qui pourrait la rassurer un peu. Mon talent de comédien n'est pas fort, mais il faut bien que je trouve. La soirée s'annonce longue et pénible.

Dès que je franchis le seuil, ma mère accourt, angoissée. Je lui raconte tout. En pleurs, elle me demande :

— Qu'est-ce qu'on va faire, John ? Qu'est-ce qu'on va faire ?

— Il faut appeler la police, Maman. On n'a pas le choix. Ils ont l'expérience et ils pourront nous aider. Ils nous diront quoi faire.

— Ah ! John ! C'est ma faute ! Je ne lui ai pas donné assez d'attention.

— Dis pas ça, Maman ! Tu y es pour rien !

Elle tourne les talons et va se renfermer dans sa chambre. Je peux l'entendre implorer le ciel. Pauvre Maman ! Dans mon for intérieur, je supplie mon Pépère de protéger Alicia et de m'aider à la retrouver. Déjà terrassée par sa maladie, Maman ne pourra pas surmonter une autre épreuve. Tout est en train de s'écrouler autour de moi.

Je monte à ma chambre. Je décide d'envoyer un texto à Jess pour tenter de lui expliquer ce qui se passe avec Lois. Jess est ma meilleure amie, j'ai besoin d'elle.

Allo Jess, ktf?

J'attends près de cinq minutes, mais aucune réponse.

Jess, réponds-moi !

> Allo John, qu'est-ce que tu veux ? Si c'est pour me parler au sujet de la fugue d'Alicia, je suis déjà au courant.

Ah bon, mais je ne comprends
toujours pas ta réaction, à l'école,
aujourd'hui.

> Si t'étais à ma place, tu
> aurais la même attitude
> envers moi, etk.

T'exagères. Tu sais bien que
les photos, c'est Lois qui voulait
faire du trouble. Btw, ce sont des
vieilles photos!

> Ok pour les photos, mais
> je digère pas son *email*
> d'hier. Tbh, ça me fait
> chier!

Je me rends compte que Lois n'a pas fini de me
faire suer et qu'elle a inventé encore une autre
affaire pour se venger.

Peux-tu me l'envoyer? J'aimerais
bien savoir ce qu'elle t'a dit pour
que tu sois fâchée à ce point.

Quelques instants plus tard, je reçois le message
sur mon iPhone.

À : Jess

De : Lois

Je t'écris pour te mettre en garde. Je sais que tu
ne me croiras pas, mais prends le temps de me
lire jusqu'au bout. La relation entre John et moi
a commencé exactement comme la tienne. Une
grande amitié s'est développée puis la situation
s'est enflammée et nous sommes devenus amoureux. Aujourd'hui, je paye pour. Mon médecin me
l'a confirmé. *I just want to warn you. Be careful!*

He's dangerous! It's too late for me, mais toi, tu peux l'éviter. Comme je t'ai déjà dit : protège-toi. Conseil d'une ex-*lover* de John Ménard,

Lois

Et en pièce jointe au message, il y a la photo d'un condom !

Je suis ébranlé.

Jess ?

Oui ?

Crois rien de tout ça. Ce ne sont que des mensonges. J'aurais jamais pensé que Lois aurait été si *low* ! Je comprends pas. On sort même pu ensemble.

Si tu dis la vérité, elle est vraiment *cheap* ! Pis, de toute façon, j'veux pas être ta blonde, surtout pas si t'as des maladies.

Je te le jure, Jess, j'ai pas de maladies. C'est Lois qui est malade dans' tête ! Je veux juste qu'on reste amis comme avant.

Ouin ben, j'ai besoin de temps pour réfléchir et digérer tout ça. On en reparlera. Gtg.

Ok, je comprends, mais pense à Alicia SVP. Ttyl. Bonne nuit, Jess.

CHAPITRE 27

Une école libre ?

Cette nuit-là, je dors mal. Je tourne et me retourne sans cesse dans mon lit, incapable de me détendre. Les événements de la journée m'ont bouleversé. Pourquoi un tel mensonge ? Lois est donc prête à n'importe quoi pour me faire du mal. Puis, il y a Alicia, pour qui j'imagine le pire. Il est vrai que la nuit, je dramatise tout. Je la vois, devenue itinérante et *squeegee*, dormant dans les parcs publics, aux prises avec la drogue, faisant le trottoir pour survivre ou pire encore, enlevée, séquestrée et vendue comme esclave par des salauds pratiquant la traite des femmes. Et même morte peut-être !

Pour chasser ces idées noires, je demande encore à Pépère et à Florence de m'aider. D'une voix calme, Pépère murmure :

— T'en fais pas, mon grand. Je veille sur vous. Alicia n'est pas en danger.

Florence ajoute :

— Tout va s'arranger. Fais-nous confiance. Maintenant, viens avec moi, j'ai autre chose à te faire vivre.

Je ferme les yeux et je m'abandonne. Je me retrouve dans la cuisine chez Ménard, avec Baptiste et Médéric Poirier qui discutent, assis à la table.

*   *
*

Baptiste prit une bonne bouffée de sa pipe, se leva et revint avec un journal à la main, qu'il étala devant Médéric.

— En passant, as-tu lu l'article dans *Le Droit* d'hier ? Ça parle des écoles aux États-Unis.

— Non, Baptiste. Là, dis-moé pas que tu veux tout abandonner, pis que tu vas t'exiler aux États ?

— Ben non, torieux ! Tu sais ben que mon chez-nous, c'est icitte. Y'a personne qui va me faire partir de ma terre ou mon nom c'est pas Baptiste Ménard. Écoute, c'est plein de Canadiens français du Québec qui partent pour aller travailler dans les usines du Maine pis du New Hampshire. Pis là, ils ont leurs propres écoles, des écoles libres où ils enseignent le français pis le p'tit catéchisme, sans être achalés par personne. Quand j'ai lu l'article, une idée m'est venue. Pourquoi on ferait pas pareil ? On pourrait avoir notre propre école indépendante à Green Valley. Comme ça, on n'aurait pas besoin d'obéir au maudit Règlement 17 !

— Ouin. Pis les Anglais et les Écossais nous laisseraient tranquilles. Pis nos enfants pourraient apprendre leur langue et leur p'tit catéchisme.

— Ben dit, Médéric. Fais que, qu'est-ce que tu penses de mon idée ?

— C'est une bonne idée, le beau-frère. J'vois déjà la face des racistes d'la gang à Donald Macdonald quand ils apprendraient la nouvelle. Tout ça, c'est ben beau Baptiste, mais où on va prendre l'argent ? Acheter un terrain, bâtir une école, payer une maîtresse, ça coûte ben des piastres ! Pis on n'a pas c't'argent-là !

— C'est vrai, il faudrait continuer à payer nos taxes pour les autres écoles en plus ! Mais si tout l'monde embarque, ça peut se faire. Imagine ça le beau-frère : une école libre, française et catholique à Green Valley. Ça s'rait pas beau, ça ?

— J'pense que t'as raison. Y faut toujours ben pas ambitionner sur le pain bénit, pis s'faire manger la laine su'l'dos. On devrait faire une réunion pour présenter l'idée, pis on verra ben ce qu'ils en pensent. J'vais rencontrer Florence. J'y présente l'idée pis chus sûr qu'elle sera d'accord pour quitter l'autre école et enseigner pour nous. J'y demanderai aussi de l'faire savoir aux parents français, pour qu'ils viennent à la réunion. Le plus vite sera le mieux.

— On peut faire la réunion chez moi. Chus ben prêt à recevoir tout ce beau monde euh… disons dimanche, après la messe.

— Là, je reconnais ta générosité, Baptiste. On s'arrange pour passer le mot à tout l'monde, pis on se voit dimanche chez toi.

— Parfait ! Pis si ça marche, pis qu'on s'tient tous ensemble, ça va être la fin des persécutions de la part des Écossais. On va enfin avoir la sainte paix.

*　　*
*

Florence me jette un regard qui veut tout dire. Elle est visiblement très fière de la tournure des événements. Je lui demande :

— Pis, ils l'ont eue, leur école ?

À l'unisson, elle et Pépère se contentent de me répondre comme d'habitude :

— Sois patient, John, tu verras bien.

J'ai très hâte de connaître la suite.

CHAPITRE 28

L'âme de l'école

Je ressens encore la fatigue de la veille, surtout que la dernière semaine a été forte en émotions de toutes sortes. Je n'ai pas d'énergie et dans mes cours, j'ai toute la peine du monde à garder les yeux ouverts. Toute la journée, à la fois mon corps et mon esprit me donnent des signes que j'ai vraiment besoin de repos.

De retour à la maison, je mange en toute hâte, sans grand appétit. Puis, je monte à ma chambre afin de me retrouver seul et de récupérer. Étendu sur mon lit, je rêvasse et j'entends à intervalles réguliers les dernières paroles de Pépère et Florence au sujet de l'école : « Sois patient, John, tu verras bien. »

Ils ont piqué ma curiosité au vif et je brûle d'impatience. Comme hypnotisé, je me lève et je vais chercher la boîte. J'y plonge la main et j'en retire un article du journal *Le Droit*. Je commence à le lire. La rubrique traite de l'ouverture de l'École libre du Sacré-Cœur de Green Valley, le lundi 31 janvier 1916. Je suis subjugué.

– Merci ! Exactement ce que je voulais. Pépère ? Florence ? Êtes-vous là ? J'aimerais en savoir plus sur cette histoire d'école libre.

Aucune réponse. Pas un bruit ou un murmure pour me signaler leur présence. Étrangement, au même moment, je ressens un grand vertige. La tête me tourne puis, plus rien. Soudain, je me retrouve à nouveau dans une salle à peine éclairée, bondée de gens. Certains visages me sont familiers, j'en vois d'autres pour la toute première fois.

– Où suis-je ? Répondez-moi quelqu'un.

Rien d'autre ne me parvient qu'une cacophonie de rires et d'éclats de voix. Je cherche partout en espérant les apercevoir. Peine perdue, ils ne sont nulle part. Je suis bel et bien seul. Je me demande pourquoi ils ne m'ont pas accompagné, cette fois-ci. Ils ne pourront pas répondre à mes questions. Je dois donc trouver tout seul.

*　　*
*

Dans la salle, l'air était froid. Tous avaient gardé leurs vêtements d'hiver et la buée sortait de leur bouche quand ils respiraient. En avant, droits comme des chênes, j'ai reconnu les commissaires Poirier et Ménard, qui accueillaient les gens et s'apprêtaient à faire un discours. Le tumulte cessa et Médéric Poirier prit la parole.

– Bonjour à tous. Merci d'être venus malgré le frette à geler deboute. Ça nous fait vraiment chaud au cœur ! Soyez les bienvenus dans votre nouvelle école, mes amis. C'est un grand jour pour nous tous !

Sur le tableau noir, il était écrit à la craie blanche et d'une belle écriture :

École du Sacré-Cœur de Green Valley,
le lundi 31 janvier 1916

De chauds applaudissements retentirent.

— Bravo Baptiste et Médéric ! C'est grâce à vous si on a enfin notre propre école. On est ben fiers de vous autres. On est enfin chez nous !

Humblement et le visage rougi par la gêne, Baptiste s'exclama :

— Nous, on n'a fait que notre devoir de commissaire. Si on a aujourd'hui notre école, c'est grâce à vous tous !

Albert Laferrière, reconnaissable à sa voix de ténor, cria à tue-tête :

— Un gros merci à Dolar Brabant. Il nous a fourni l'emplacement et nous a donné son ancien hangar à grain gratuitement. Dolar, on ne reconnaît même pu la place ! Tu dois être fier, mon homme ?

— Certain que je suis fier ! Mais je n'ai fait que ma part pour soutenir notre juste cause. Un gros merci à tous ceux qui ont participé au *bee* : les *times* de chevaux à Hector Constant pour tirer le hangar jusqu'icitte, pis les heures d'ouvrage pour rafistoler tout ça !

Puis, la voix de Jérémie Quenneville s'éleva :

— C'est tout un exploit ça, bout de ciarge ! Ouvrir une école en plein hiver. Ça prend du courage pis des bras, pour venir à bout d'une affaire pareille !

— Y faut pas ou…blier le travail des hommes à tout faire ! s'écria Hormidas Lefebvre. Ilssss… ont fait du ben beau tra…vvvail avec presque rien.

Reeeegardez les pupitres des en...fants. Tout ça a été ffffait avec des vieilles planches. Pis, oubl...iez pas les dons généreux d'Hec...tor et Her...mine pour les fournitures et le tableau noir.

— Pis chus pas en reste moé non plus, insista Jérémie Quenneville, d'un air moqueur. C'est moé qui a fourni ce beau... vieux *box stove*!

— Ouin, mais y chauffe pas fort aujourd'hui, Jérémie. J'ai les deux pieds gelés ben raides, répondit Hector.

Tous pouffèrent de rire et y allèrent de leurs commentaires, dans la bonne humeur. On pouvait lire sur tous les visages une grande fierté du travail accompli dans des conditions très difficiles. C'étaient de braves gens!

Médéric les ramena à l'ordre :

— Mes amis, cette école est notre école. Nous sommes enfin libres d'enseigner le français à nos p'tits. Une école, c'est pas juste quatre murs et des meubles! Ça prend quelqu'un pour s'occuper d'instruire toute cette marmaille. La maîtresse, c'est l'âme de l'école. Alors, nous on est bénis du Bon Dieu. On a la meilleure maîtresse de toute la région : Mademoiselle Florence Quesnel.

Toute la salle applaudit, puis Baptiste poursuivit :

— Mademoiselle Quesnel a gentiment accepté le poste que nous lui avons offert. À voir votre réaction, je pense que nous avons fait un bon choix et que c'est unanime.

Florence Quesnel s'avança pour prononcer quelques mots :

— Merci de la confiance et de l'estime que vous me témoignez. Je ne pouvais pas refuser. Je vais faire du mieux que je peux pour instruire les p'tits dans la foi de Dieu et dans notre belle langue maternelle. Merci de votre appui.

Puis, Florence regarda dans le vide et fit un beau sourire. Je m'imaginai qu'elle me regardait, comme pour dire :

— Je te vois John et je me réjouis de ta présence.

De chauds applaudissements suivirent encore, puis les gens s'en allèrent peu à peu. Je restai là, seul avec Florence Quesnel, assise à sa petite table, tenant sa tête penchée entre ses mains. Je me rapprochai d'elle afin de voir pourquoi elle restait là sans bouger. Je vis qu'elle pleurait en silence. Étaient-ce des larmes de joie ou des larmes de chagrin ? Je n'osai la déranger pour le lui demander et je me glissai hors de la salle, sans faire de bruit.

*　*

*

Cette nuit là, je comprends que je peux me transporter dans le temps à ma guise, sans l'aide de personne. Sans raison apparente, je me réveille. J'suis toujours étendu sur mon lit, tout habillé. Mon iPhone indique 5 h 55. C'est étrange !

— Là, Pépère, je sais que tu es là ! Et toi aussi, Florence.

— C'est vrai, John. Je suis là. Je tenais à partager avec toi ce moment important de ma vie, répond Florence.

— Et moi, je suis fier du voyage que tu as accompli, mon grand.

Heureux de sentir leur présence et fier de moi-même, je me rendors tout de suite, comme un bébé.

CHAPITRE 29

Des larmes de bonheur

Le lundi 18 juin 2012 restera gravé dans ma mémoire longtemps. En ce beau matin de printemps, je me lève tôt afin de profiter de la journée. Demain, je commence un nouvel emploi à temps plein pour l'été. Le père d'un copain m'a embauché comme manœuvre pour son entreprise de construction. Je serai dehors. Ce sera du travail physique et l'exercice m'aidera à oublier les mille et un problèmes auxquels je suis confronté. Le pire, c'est Alicia.

Ma mère n'arrête pas de se culpabiliser de m'en avoir laissé la responsabilité. J'ai fait tout ce que j'ai pu. C'est moi qui devrais me sentir coupable. Je préfère concentrer mes énergies à retrouver la fugueuse. Les agents des différents corps policiers nous ont assurés de leur entière collaboration. Ici dans la région d'Ottawa, l'alerte est générale. Treize jours sans nouvelles, c'est une éternité. Nous avons communiqué avec les policiers de la ville de Montréal. Je suis allé arpenter les rues où se tiennent les jeunes sans-abri. Personne ne l'a vue. De toute façon, ils se protègent entre eux. C'est la loi de la jungle. Que faire ? Attendre ? On n'a pas le choix. Évidemment, j'ai dû faire des efforts suprêmes pour arriver à me concentrer pour étudier et passer mes examens. Ma mère se rétablit très lentement, taraudée par l'angoisse constante au sujet d'Alicia. Elle se rend à l'église tous les jours depuis son départ. C'est pour elle un réconfort, une façon de garder espoir qu'Alicia nous reviendra en santé. Entre Jess et moi, c'est plutôt tiède.

Je range mes choses, prépare mon sac de sport pour mon match de soccer en soirée et descends déjeuner. Un yogourt, une banane, un bol de céréales, deux rôties et je suis prêt à...

Mon téléphone vibre.

– Oui, allo, Jess ?

– John, j'ai trouvé une piste.

– Une piste de quoi ? Tu deviens trappeur ?

– Niaise pas, John. Mon oncle Gilbert est dans la GRC. Il travaille comme agent d'infiltration dans les rues de Montréal. Ils ont arrêté Boudreau, hier soir.

– Boudreau ! Pourtant il m'a juré qu'il n'avait rien à faire dans cette histoire. Le menteur, un vrai crotté. Comment sais-tu tout ça ?

– John, depuis qu'Alicia a fait sa fugue, je communique avec mon oncle tous les jours. Il m'a demandé d'en parler à personne.

– Tu avais refusé de m'aider, tu te souviens ? Mais aujourd'hui, tu m'en parles ?

– J'étais blessée. De toute façon, on règlera nos conflits plus tard. Concentrons-nous sur ta sœur, veux-tu ? Les policiers ont eu des renseignements de Boudreau, au sujet d'Alicia. Ils croient la récupérer ce matin.

— Incroyable Jess, j'en ai la chair de poule. Il faut que j'aille réveiller ma mère. C'est la meilleure nouvelle que j'ai eue depuis longtemps!

— Calme-toi John, ils ne l'ont pas encore. Mais ils savent qu'elle est à Montréal et qu'elle se rend derrière un McDo tous les matins, pour manger dans les... en tous les cas, c'est selon les renseignements.

— Jess, je me rends à Montréal.

— Wô! Wô! Un instant, John. Réveille ta mère. Un agent vous téléphonera d'ici une demi-heure et vous donnera des détails. Moi, je me rends chez toi. À tantôt!

— À tantôt!

C'est malade! Je suis euphorique. Je saute partout. Ma mère arrive dans la cuisine, les deux yeux dans le même trou. Je l'ai réveillée avec le bruit que je faisais, sans m'en rendre compte.

— John, qu'est-ce que tu fais? Es-tu malade? Il est 6 h 30 du matin.

J'arrête au son de sa voix. Je la regarde intensément, je m'approche d'elle et je la prends dans mes bras.

— Maman, Jess vient de m'appeler et...

Ma mère retient son souffle. Je lui raconte l'histoire et je vois ses yeux s'illuminer de joie. Des larmes de bonheur coulent. Elle me serre très fort dans ses bras. Je sens contre mon corps le résultat de son opération. Pendant une seconde, je souffre pour elle et surtout, je saisis que le bonheur ne se mesure pas par le physique. Ma mère trotte partout, de la salle de toilette à sa chambre, elle parle en même temps. La GRC nous confirme qu'ils ont repéré Alicia. Ils nous attendent au poste.

Jess arrive avec un sourire révélateur de notre retour en bons termes. Ma mère lui saute dans les bras et se remet à pleurer. J'ai une pensée furtive pour les commentaires qu'elle avait passés à son égard, il y a quelques mois. Il faut dire que Jess aussi a changé. Fini les grandes bottes, les vêtements noirs et le maquillage blanc et noir. Je la trouve beaucoup plus jolie au naturel.

En route vers Montréal, ma mère ne cesse de parler. Elle avoue même avoir mal jugé Jess en raison de son apparence. On en rit. La plus grande partie de la conversation s'oriente vers l'attitude à prendre face à Alicia. Comment sera-t-elle ? À quoi peut-on s'attendre ? Est-ce qu'elle nous rejettera ? Voudra-t-elle revenir avec nous ? Les questions offrent peu de pistes de réponse. Les policiers nous rassurent.

— Bonjour Jessica. Comment vas-tu ?

— *Wow! Cool!* Mon oncle! Tout un déguisement!

C'est vraiment à s'y méprendre : les cheveux longs, la barbe aussi, les vêtements usés, sales, en état lamentable, les bottes en cuir de motocycliste, les *piercings*... Tout nous porte à croire qu'il vit dans la rue. Ma mère recule même d'un pas lorsqu'il arrive.

— Écoute Jess, cela vient avec l'emploi. C'est une protection, ce costume. Heureux de vous rencontrer, Madame, Monsieur.

— Si vous aviez vu Jess, il y a deux mois, elle aurait pu vous accompagner dans la rue, lui dit ma mère.

L'agent Gilbert éclate de rire et nous aussi. La glace est brisée et nous passons aux choses sérieuses. Des agents en uniforme nous renseignent sur les étapes à suivre. Alicia est présentement avec des agentes, dans une autre salle. Ma mère ne tient plus en place. La boîte de mouchoirs sur la table devant nous sert à profusion. Maman rit, elle pleure, elle remercie Dieu et tous les saints et elle ne fait que répéter :

— Est-ce qu'on peut la voir et la ramener à la maison ?

Les agents veulent offrir à ma mère le temps de déverser son trop-plein. Ils nous préviennent aussi des risques. Si Alicia ne collabore pas et ne désire plus revenir au foyer, elle sera transférée à la Société de l'aide à l'enfance de la province. Une maison d'accueil pour jeunes filles en fugue lui sera assignée et une thérapie de réinsertion sociale commencera. Ma mère n'arrête pas de dire qu'elle veut la ramener à la maison.

Malheureusement, les policiers lui annoncent que cela ne sera pas possible aujourd'hui. L'Aide à l'enfance doit s'assurer qu'Alicia respectera les conditions du retour. Or, une première comparution à la Cour de la famille se fera dans les plus brefs délais. Ensuite, si Alicia décide de revenir chez elle, elle sera remise à sa mère. La gravité du geste de ma sœur m'étonne. Rien n'est simple quand la loi s'en mêle. Mais que ferait-on sans elle, songeai-je.

Quand nous entrons dans la salle, ma mère en tête de file, Alicia ne regarde que le plancher. Le silence règne et la tension est palpable. Alicia ne bouge pas. Ma mère s'assoit près d'elle et je reste debout avec Jess. Ma mère lui tend la main douce-ment, tremblante, et lui dit :

— Ma belle grande fille, comme je suis heu-reuse de te revoir. Donne-moi ta main.

– Alicia, je suis vraiment content de te voir. Je t'aime beaucoup, ajoutai-je tout doucement.

Une petite voix enrouée se fait entendre :

– Moi aussi, je vous aime. Je veux revenir à la maison.

Elle avance la main pour prendre celle de ma mère. Dès le premier contact, le déluge éclate. Tous pleurent. Les policiers sourient de voir cette belle émotion partagée. Alicia répète :

– Je m'excuse, Maman ! Je ne suis pas une bonne fille. Je t'ai laissée tomber ! Je ne voulais pas. Je veux revenir à la maison...

Il y a des accolades avec chacun. Elle semble se culpabiliser beaucoup. Il faudra être positif et patient avec elle, selon les conseils des agents. Le retour d'Alicia au bercail s'amorce et la procédure s'enclenche rapidement. Ma sœur reviendra à la maison saine et sauve. Quelle journée mémorable !

Le soir, de retour à Ottawa, Jess m'accompagne au match de soccer et je l'invite chez moi après la partie. Radieuse, elle accepte. Je veux lui faire rencontrer les spectres de ma chambre.

CHAPITRE 30

La première fois

Ma mère nous a accueillis avec beaucoup de chaleur. Elle nous a préparé un goûter. Après un match de soccer, j'ai toujours faim. Alicia doit rentrer demain. Ma mère a retrouvé sa bonne humeur et le soleil brille dans ses yeux. Je suis convaincu que sa guérison sera plus rapide. Elle rencontre la Société de l'aide à l'enfance à 10 h demain matin. Elle anticipe avec beaucoup de joie le retour d'Alicia et moi aussi.

— Maman, j'aimerais passer un peu de temps avec Jess. Je peux l'inviter dans ma caverne d'Ali baba ?

— Bien sûr, mon grand, je vous fais confiance. Pas trop tard tout de même, tu commences un nouvel emploi demain.

— Merci, Maman.

En entrant dans ma chambre, je ferme la porte. Quand je me retourne, Jess se tient debout, tout près de moi. D'un geste naturel, je l'attire à moi et, les yeux dans les yeux, nous soudons nos bouches dans un long baiser passionné. Je goûte sur ses lèvres la longue attente de ce moment. Quel délice! Le dos appuyé à ma porte de chambre, je vois le spectre de Pépère, assis sur mon lit avec la boîte.

Il sourit. Je retiens Jess contre moi et lui raconte mes voyages. J'essaie de la préparer du mieux que je peux à l'impossible. Je lui dis que le spectre de Pépère est présent et comme je ne sais pas si elle le verra, je lui demande de se tourner lentement et de regarder... ce qu'elle fait.

— Oui John, je crois sentir une présence, mais il fait froid.

— C'est normal, enfin je peux te dire que c'est toujours comme ça. Mais vois-tu quelqu'un?

— C'est pas clair, John. Je ne vois pas vraiment une personne, mais je sens qu'il y a quelque chose de surnaturel qui se passe. J'ai peur, mais c'est fascinant. Je veux le voir, John.

Dans un cri étouffé, elle ajoute :

— John, les rideaux bougent et il y a du vent dans la chambre. J'ai la chair de poule. Qu'est-ce qui se passe? Il y a vraiment des fantômes ici.

— Je suis là, Jess. Je ne te laisserai pas seule.

Elle me serre très fort. Elle tremble, elle frissonne. Et je lui dis doucement :

— Regarde à côté de la boîte, sur le lit, et concentre-toi très fort.

— John, je vois un ombrage. L'empreinte sur tes couvertures me dit qu'une personne est assise sur le lit, une forme humaine se dessine lentement. Arrête John, je n'en peux plus.

— Si c'est ce que tu veux, j'arrête le tout. Je dis à Pépère que tu n'es pas prête...

— Non. Je suis épouvantée, mais je sens que ma vie ne sera plus jamais la même si je continue. Malgré mes craintes, je te fais confiance.

— D'accord. Alors regarde bien, je vais parler à Pépère.

La lumière baisse et c'est la pénombre, sauf sur le spectre et la boîte.

— C'est lui ! Pépère, pourquoi Jess ne te voit-elle pas comme moi ?

— N'en demande pas trop à ton amie pour la première rencontre. Sois patient, John. Je vais lui faire voir un déplacement de la boîte et après ce sera tout.

— Tu as entendu, Jess ?

— Je crois qu'il y avait un murmure, mais je ne suis pas certaine. Je crois que je veux arrêter, John. Je n'aime pas ça.

Doucement, Pépère prend la boîte sur le lit et l'ouvre ! Sur le coup, Jess retient un petit cri de frayeur et se colle à moi comme un aimant :

— John, la boîte bouge ! Je la vois ! Elle s'ouvre toute seule !

— C'est correct, Jess. C'est le fantôme de Pépère qui le fait ! Il t'apprivoise lentement. Il est très généreux, n'aie pas peur.

Elle se blottit contre moi, toute craintive devant l'inconnu. C'est sa première expérience paranormale.

L'esprit de Pépère sort un article de journal, l'étend sur le lit et disparaît. Jess sent un changement. La lumière revient, le vent s'apaise et le froid se dissipe.

— Il est parti, Jess. Est-ce que tu me crois maintenant ?

— Je t'ai toujours cru, John, mais le voir, c'est phénoménal ! Quelle expérience incroyable ! J'ai vu un vrai fantôme. La boîte a bougé. Le journal est sorti tout seul et s'est déposé sur le lit.

Nous en discutons un bon moment et Jess me promet de garder pour elle ce qui demeurera notre secret. Malgré la peur, elle veut faire un voyage dans le temps, elle aussi. Je lui dis que j'en parlerai à Pépère, mais je sens que cela sera possible. Avant que Jess parte, je sors une enveloppe du tiroir de mon pupitre d'ordinateur.

— Ne l'ouvre pas tout de suite, mais seulement quand tu seras seule !

Je reconduis Jess chez elle et je reviens à ma chambre. Pépère m'attend.

— Pépère, comment tu la trouves ?

— Elle me semble vraiment gentille, John. Elle me fait beaucoup penser à ta grand-mère, dans sa jeunesse.

— Pépère, je crois être amoureux pour la première fois de ma vie !

— C'est une belle sensation. Profite de ces beaux moments, le temps des lilas est si éphémère. Est-ce qu'on voyage ce soir ?

— Pépère, je commence tôt demain matin. On peut remettre à demain ?

— Bien sûr. Bonne nuit.

Étonné du contrôle que je réussis à exercer sur les voyages, je sombre au pays des rêves avec les pensées de Jess, d'Alicia, de ma mère et de mon fantôme.

CHAPITRE 31

La Saint-Jean-Baptiste

Le lendemain matin, un courriel m'attend :

À : John Ménard

De : Jessica Poirier

Monsieur Ménard, je serai honorée de vous accompagner au bal des finissants, samedi soir prochain. Le bonheur ressenti au plaisir d'ouvrir cette divine tentation trahit mes sentiments pour vous. Je ferai tout en mon possible pour être à la hauteur de vos attentes.

Amoureusement

Quel beau message! Je sais qu'elle a ouvert l'enveloppe. Épaté, je lui confirme ma gratitude. Elle consent à devenir ma princesse pour cette soirée. Elle est déjà là quand j'arrive le soir, fatigué. Alicia me saute dans les bras. On mange ensemble et je me retire avec Jess dans ma chambre. Alicia y va même d'un petit commentaire espiègle :

— Ne soyez pas trop bruyants, je dois me reposer!

Une fois la porte fermée, Jess veut immédiatement partir avec moi, dans ce monde inconnu. Le spectre de Pépère apparaît et tout se produit sans difficulté : le vent, le froid, le tourbillon... Nous partons avec lui. Jess se laisse aller et me fait confiance. L'esprit de Pépère annonce notre destination : le grand rassemblement de Green Valley. Nous sommes le 24 juin 1916. La voix de Florence raconte.

*   *
*

J'enseignais dans une école libre depuis déjà six mois. Fini les tracas au sujet de l'enseignement du français. Je parlais et j'enseignais en français quand je trouvais cela approprié. Comme les commissaires Poirier et Ménard l'avaient stipulé, les enfants devaient être parfaitement bilingues. Alors, je ne négligeais pas l'enseignement de l'anglais pour autant. C'était entendu entre nous et les enfants en étaient très heureux.

Depuis plus d'un mois, je travaillais avec mes cinquante élèves au grand rassemblement de Green Valley. J'avais demandé aux commissaires de blanchir l'école à la chaux. Pendant une fin de semaine, six pères de famille s'attaquèrent à la tâche. L'un fournit la chaux, d'autres apportèrent des chaudières et des pinceaux. Une fois l'intérieur de ma petite école repeint en blanc, la propreté et la clarté seraient au rendez-vous pour le grand événement. La veille, Baptiste avait fauché avec ses chevaux et son moulin à foin tout autour de l'école. Mes trois plus vieux avaient apporté les faux de leur père et travaillé très fort à bien couper les endroits difficiles d'accès. D'autres complétèrent les décorations intérieures et extérieures. Nous répétâmes pour la dernière fois notre présentation.

* *
*

— Incroyable, je les vois tous, me souffle Jessica, toute rayonnante. Même la belle Florence, qui m'intrigue depuis longtemps.

— N'est-ce pas incroyable ?

— Tu me le dis. Ce sont tous des francophones.

— Pépère, ça va être une grosse fête, n'est-ce pas ?

— Je comprends, John. La Société Saint-Jean-Baptiste de Montréal viendra.

— *Wow!* Avec des chevaux ? demande Jessica.

— Tu verras bien, lui répond le spectre. Écoute bien les confidences que Mademoiselle Florence te fera.

* *
*

Je m'étais levée avec le jour. Toute la communauté serait au rendez-vous. J'étais à l'école depuis 6 h 30. 7 h :

— Bonjour, Mademoiselle Florence.

— Bonjour, Wilfrid. Tu es tôt, ce matin.

— Oui, c'est que mon père désire savoir s'il vous manque quelque chose pour la célébration.

— C'est gentil. Dis à ton père que tout est en place.

— Merci, Mademoiselle. Je reviens plus tard. Mon père a besoin de moi à la grange.

– D'accord, à plus tard.

Dix ans et déjà, il sortait de l'enfance et devenait un petit homme vaillant et responsable.

9 h :

– Chantons tous ensemble. À trois. Un, deux et trois.

En chœur, la classe entonna :

La moisson est abondante,
Peu nombreux sont les ouvriers...

*   *
*

– Que c'est beau des voix d'enfants, Pépère.

– Tu me le dis, John. La pureté, l'innocence... des voix qui nous dirigeront plus tard.

– Surtout qu'ils sont tous tellement sages. C'est étonnant ! En tout cas, c'est pas comme dans nos écoles, commente Jessica.

*   *
*

9 h 30 :

Je me rendis avec mes élèves à la gare de Green Valley, où une forte délégation de contribuables attendait le convoi du CPR, qui amenait les représentants de la Société Saint-Jean-Baptiste de Montréal. Mon oncle Médéric m'avait fourni tous les renseignements au préalable. Dans leurs plus beaux atours, tous discutaient de l'événement :

– Supposé que le rédacteur en chef du journal *Le Devoir*, Monsieur Omer Héroux, sera là, affirma Hector.

— C'est vrai, mais les plus importants sont : Monsieur Beaupré, le Dr Joseph Gauvreau et Monsieur Lagacé, les dirigeants de la Société Saint-Jean-Baptiste de Montréal, ajouta Émery.

— Du jamais vu à Green Valley, j'en suis certain. Vous êtes chanceux d'avoir leur appui, confirma Monsieur Alexandre Grenon, secrétaire de l'Association canadienne-française d'éducation de l'Ontario, accompagné de Monsieur J. A. Foisy un reporter du journal *Le Droit*.

— Le train arrive ! Reculez, reculez ! cria le maître de gare.

Le conducteur fit entendre le sifflet de sa locomotive, évidemment beaucoup plus longtemps qu'à l'habitude, puisqu'il y avait de nombreux spectateurs. Le bruit infernal de la locomotive impressionna tous ceux qui se trouvaient aux alentours. Les gens applaudirent quand la délégation descendit du wagon de passagers. Accueillis en héros, les dignitaires se dirigèrent vers l'École du Sacré-Cœur, avec la parade de chevaux et de *boggies* astiqués comme des neufs.

*　　*

*

Pépère nous sourit. Jess et moi sommes vraiment émerveillés.

— J'ai vraiment hâte de voir ce qui va se passer.

Pépère, à sa façon habituelle, me dit :

— Sois patient, mon grand.

Éblouie par la transposition dans le temps, Jessica n'arrête pas de poser des questions :

— Pourquoi sont-ils réunis ? Qui est celui-ci ou celui-là ?

Pépère lui répond à son rythme... celui d'une autre époque. Le spectre de Florence continue son récit.

*　*
*

10 h :

Quand la délégation arriva à l'école, les parents de chaque famille l'attendaient. Les gens appuyaient notre cause de leur présence et de leur générosité. La double taxation exigeait des grands sacrifices pour la majorité des familles. Je leur étais très reconnaissante et je faisais ma part en acceptant d'enseigner pour la moitié du salaire régulier. Ma petite école, bondée d'élèves, de mères, de pères et de parents proches ne fut jamais plus belle. Les portes grandes ouvertes laissaient voir le groupe à l'extérieur. Évidemment, il n'y avait pas suffisamment d'espace à l'intérieur pour toutes les familles. Les dignitaires attendaient patiemment de faire leur procession d'entrée.

Tous firent naturellement le silence au moment où la délégation franchit le seuil de la porte. J'étais très nerveuse, je voulais tellement que mes enfants démontrent le talent qu'ils avaient. Je donnai le signal à Irène et tous entonnèrent les chants et récitèrent les mots de bienvenue à chacun des délégués, et ce, autant en français qu'en anglais. Avec fierté, la communauté applaudit à tout rompre. Le moment révélait la magie de l'effort de chacun. Même moi, je fus surprise par une présentation spéciale. C'est mon beau Lucien Lefebvre qui se leva et livra une charmante adresse, louangeant mon travail et aussi la détermination et la résistance des commissaires, Baptiste Ménard et Médéric Poirier. Je reçus ensuite un bouquet de fleurs. Le silence se fit et, émue, je parlai simplement :

— Mais, je ne mérite pas tous ces compliments, il me semble que je n'ai fait que mon devoir et que tout autre à ma place aurait fait la même chose. Pour moi, je sais bien que je resterai toujours catholique et française, mais en est-il de même pour ces petits enfants ? Aussi, le peu de sacrifice que j'ai fait, c'est pour eux que je l'ai fait[1].

Les applaudissements reprirent. Quand ce fut au tour de la délégation de prendre la parole, tous écoutèrent avec attention. Chaque élève reçut un certificat, un cahier et un crayon, cadeaux de grande valeur. L'école obtint des livres de classe, ce que l'on n'avait pas encore, sauf pour l'institutrice. Baptiste, Médéric et moi-même étions fiers de cette belle réussite. Il y eut des tirages. La médaille de l'assiduité en argent, offerte par le Dr Monfette d'Alexandria, fut tirée entre Mesdemoiselles Edna et Alice Brabant et Monsieur Wilfrid Ménard. Le jeune et dévoué Wilfrid en fut l'heureux gagnant. Une deuxième médaille, pour le prix d'application, fut offerte à Léo Laferrière par Hector et Hermine Huot.

* *

*

— Que je suis heureux, Pépère, de voir ces gens réussir après tant d'efforts. C'est vraiment injuste, ce qu'ils ont vécu.

---

1. Journal *Le Droit*, *La démonstration de Green Valley*, Ottawa, 28 juin 1916.

– Attends, ce n'est pas fini ! Sois patient, mon grand.

– Pourquoi les empêchait-on de parler en français et d'enseigner en français ?

– Je te raconterai plus tard, Jessica. Regarde. Florence va continuer.

* *

*

Midi :

Un pique-nique se déroula dans une atmosphère de fête. Les enfants riaient, jouaient et couraient pour laisser passer leur trop plein d'énergie. Les délégués se rendirent chez Baptiste Ménard, où un copieux repas canadien-français les attendait : pain frais, rôtis de lard, patates pilées, légumes frais du jardin et pour dessert, les célèbres tartes et gâteaux d'Antonia, la maîtresse de la maison.

– Vous avez démontré un courage à toute épreuve, Monsieur Poirier, dit Omer Héroux du journal *Le Devoir*, à mon oncle Médéric.

– Ben vous voyez, Monsieur Héroux, c'est que nous voulions finir nos enfants comme nous les avons commencés[1].

– Arrête de te vanter Médéric, pis approche à table avec Monsieur Héroux, s'interposa Antonia.

– J'arrive, j'arrive la belle-sœur. Je n'ai encore que neuf enfants, ceux-là et les autres seront tous des Canayens[2].

---

1. Joseph Gauvreau, *Green Valley*, *L'Action française*, p. 26.

2. *Ibid.*, p. 26-27.

La belle Anna, son épouse, souriait de fierté en berçant son nouveau-né.

* *

*

— C'est une lutte incroyable que ces gens-là ont menée, Pépère.

— Tu me le dis, John, et dire que tout a commencé avec Donald Macdonald, un Écossais catholique célibataire.

— Oui, mais les autres l'ont appuyé et les poursuites ont continué.

— Tu commences à comprendre, John.

— Moi, je suis encore un peu perdue, ajoute Jess.

— John te racontera, il connaît les détails…

* *

*

14 h 30 – La célébration :

La fête se poursuivit après la pause du dîner. Les discours continuèrent à nous honorer pour souligner notre courage, notre endurance et notre ténacité. J'étais comblée par les enfants, qui avaient démontré leur reconnaissance avec talent. Toute cette journée de juin, baignée d'un soleil radieux, fut une grande fête mémorable pour mon village, mon école. Rien au monde n'aurait pu me combler davantage.

* *

*

– Pépère, c'est juste trop beau, ils ont gagné ! Comme je suis fier d'eux.

– Tu sais John, ça ne se finit pas aussi simplement.

– Ah non ? Mais, comment ça ? Je pensais qu'ils auraient la paix maintenant, avec leur école.

– Pas tout à fait. Ils ont réussi à obtenir leur école, mais les Écossais les ont traînés devant les tribunaux une troisième fois.

– Pas vrai ! Pourtant ils avaient déjà payé l'amende deux fois.

– Oui, mais les Écossais n'appréciaient pas du tout qu'une école française soit ouverte dans le coin.

– Voyons donc ! Les Canadiens français payaient une double taxe, donc cela n'enlevait rien aux Écossais.

– Pour eux, c'était un affront et ils voulaient que les Français ferment leur école, qu'ils reviennent à l'école Lancaster n° 14 et qu'il n'y ait pas un mot de français d'enseigné.

– Ils étaient vraiment bouchés, Pépère. C'est pour ça que les Francos étaient partis de l'autre école.

– Je sais, mais l'avocat Belcourt, ou plutôt le sénateur Belcourt, a dû travailler très fort pour mettre un terme aux poursuites judiciaires.

Silencieuse depuis le début de cette conversation, Jessica s'en mêle :

– Ah, ben là, je commence à comprendre ! C'est une belle histoire, mais c'est une histoire triste en même temps.

– Tu as entièrement raison, Jessica, approuve le spectre de Pépère. Et la chose a traîné jusqu'en 1917. Finalement, une personne d'Alexandria, dont le nom est resté secret, a offert de payer, encore une fois.

— C'est donc ben con ! fait Jess. Nous, on a nos écoles françaises et les élèves parlent toujours en anglais entre eux, et eux, se sont battus pour que nous puissions apprendre le français. C'est le monde à l'envers.

— Et ça, c'est triste, répond le spectre de Pépère.

— C'est injuste envers ces gens qui ont combattu pour avoir leurs écoles, dis-je.

Je n'en crois pas mes oreilles de m'entendre tenir de tels propos, moi qui, il y a quelques mois, parlais en anglais à l'école plus souvent qu'à mon tour. J'ajoute :

— Je commence à comprendre, Pépère.

— C'est vraiment *cool*, John. Euh ! Je veux dire, c'est vraiment incroyable, dit Jess.

— Finalement, après avoir supplié à plusieurs reprises l'évêque du diocèse d'Alexandria, Monseigneur MacDonell, de l'aider, l'avocat Belcourt a dû se rendre compte que Monseigneur n'était pas du bon bord, comme on dit.

— Pépère, ça me surprend pas, dit Jess.

— Et comment ça finit toute cette histoire ?

— Ça finit que Napoléon Belcourt négocia une entente à l'effet qu'il n'y aurait plus de poursuite. Le tout coûta la somme de 318 $, à verser aux avocats Macdonell et Costello d'Alexandria, les représentants des Écossais.

— Merde, encore les Français qui ont payé. C'est pas juste, clame Jess.

— Et ils en ont souffert un coup. Ces gens-là sont des vrais héros, Pépère ! Pourtant l'histoire les a complètement oubliés.

— Tu as bien raison, John, ajouta Jess.

En terminant ce merveilleux voyage, Pépère nous demande :

— Commencez-vous à comprendre maintenant ?

Nous nous regardons, Jess et moi, une étincelle dans les yeux. Pépère nous fait signe que nous devons repartir. Il nous murmure :

— Nous reviendrons à cette école.

CHAPITRE 32

Mademoiselle Catherinette

Comme promis, quelques jours plus tard, Pépère m'accompagne dans l'autre monde. À ma grande satisfaction, je revois Florence Quesnel. De sa voix douce et apaisante, elle nous invite à écouter son récit.

* *

*

Dès que je franchissais la porte d'entrée de mon école, les odeurs et son atmosphère particulière m'enivraient. Une vingtaine de bancs à deux places étaient alignés face à une petite table. Tous les jours, une cinquantaine d'élèves y venaient pour apprendre à lire, à écrire et à compter. Ils s'entassaient dans la cour en petits groupes et attendaient mon signal pour entrer. Lorsque je brandissais ma petite cloche, ils s'alignaient deux par deux, en rang d'oignons. Une fois le rang bien droit, je les laissais entrer et ils allaient s'asseoir à la place que je leur avais désignée. Normalement, les plus petits étaient en avant et les plus grands à l'arrière. Mais, je réservais toujours quelques places à l'avant pour les petits tannants que je voulais garder à l'œil.

Ma salle de classe consistait en une grande pièce unique, avec un *box stove* dans un coin pour tout moyen de chauffage. En fait, c'était un vieux hangar à grain converti tant bien que mal en école. L'espace était restreint. Les quelques fenêtres à petits carreaux donnant sur un côté de la pièce suffisaient à peine à laisser pénétrer la lumière. Durant l'hiver, il fallait allumer les lampes à l'huile en fin de journée pour réussir à y voir quelque chose. À cause de cela, les classes se terminaient souvent tôt en après-midi, afin de ménager le bois de chauffage et l'huile à lampe. Les enfants pouvaient retourner à la maison et aider aux travaux de la ferme. Plusieurs marchaient de grandes distances pour venir à l'école. Les journées de grands froids, l'école était à moitié vide.

Sur la petite table à l'avant de la classe, j'avais empilé des manuels, en fait, mes propres livres, achetés pendant mes études d'enseignante. Puisqu'il n'y avait que peu de manuels pour les élèves, j'écrivais la plupart des leçons au tableau noir à l'avant de la classe.

Enseigner ou venir à l'École du Sacré-Cœur à ses débuts, demandait de grands sacrifices de la part de tout le monde. Les jeunes étaient loin de vivre dans le luxe et dans la soie. Souvent, ils se pointaient à l'école avec une beurrée à la mélasse ou un sandwich aux oignons et à la moutarde comme seule nourriture pour la journée. Chaque semaine, j'apportais un panier de fruits pour m'assurer que tous les enfants aient de quoi se nourrir. Je passais au magasin général régulièrement, acheter le nécessaire pour mes classes : du papier, des images saintes et des friandises.

L'École du Sacré-Cœur n'offrait aucune commodité. Les contribuables payaient une double taxe et avaient beaucoup de difficulté à joindre les deux bouts. Le Canada était en pleine guerre et tous s'en ressentaient, mais personne ne se plaignait. Tout le monde savait ce que c'était que de travailler fort, à la sueur de son front. Et moi, j'étais heureuse. C'était mon école, c'était ma classe.

Comme chaque jour de semaine depuis l'ouverture, j'étais arrivée tôt. J'aimais avoir un peu de temps pour revoir mes leçons et être parfaitement prête avant l'arrivée des élèves. Ce matin-là, mon père était venu me conduire, car le chemin était couvert des premières neiges. Quand nous arrivâmes à l'école, la fumée sortait lentement de la cheminée. Wilfrid, un élève de la classe, était sans doute venu partir un bon feu.

— Bon ben, bonne journée, ma fille.

— Merci, Papa et bonne journée à vous aussi.

Quelle ne fut pas ma surprise de constater que la grande majorité des élèves étaient déjà assis à leur pupitre ! Ils affichaient un air mystérieux et j'avais le drôle de sentiment qu'ils mijotaient quelque chose. Leurs chuchotements et regards complices ne pouvaient pas mentir.

Comme à l'habitude, sitôt après la prière, je pris une craie blanche et j'écrivis la date au tableau noir : le 25 novembre 1916. Alors que je déposais la craie, on frappa à la porte. Je fis signe au grand Éphrème d'aller ouvrir. Mais qu'y avait-il donc ? Madame Gauthier et la propriétaire du magasin général de Green Valley, madame Hermine Huot, étaient là sur le seuil. Je me dirigeai vers elles pour voir quel bon vent les amenait à l'école, à cette heure-là et par un temps pareil ?

– Surprise ! Mademoiselle Quesnel. Aujourd'hui, c'est la Sainte-Catherine ! Nous sommes venues fêter ce grand jour avec vous !

Tous les enfants se levèrent en même temps.

– Bonne fête, Mademoiselle. Vous êtes une catherinette ! Bonne fête, Mademoiselle Catherinette !

J'étais vraiment émue devant toutes ces petites frimousses souriantes qui voulaient me faire plaisir, tout en s'amusant.

– Mais, comment avez-vous su mon âge ?

– Ah ! ça c'est un secret, Mademoiselle Florence, pas vrai Hermine ?

– C'est le petit doigt de Rose. Pis on a apporté de la tire !

Les élèves se mirent à crier avec enthousiasme :

– Hourra ! De la tire pour tout l'monde !

Les enfants n'avaient plus trop le cœur à la tâche, mais bien à la fête. « Bah ! me dis-je, on se reprendra demain. » Après tout, les deux bonnes dames s'étaient donné beaucoup de mal pour préparer de la bonne tire de chez nous, qu'elles avaient par ailleurs enveloppée en papillotes individuelles, comme c'était la coutume. Alors, on célébra.

Comment avais-je pu oublier ? Le 25 novembre, c'était la fête des vieilles filles, c'est-à-dire de toutes les filles ayant atteint l'âge de 25 ans et pas mariées. Cette année-là, mes pensées étaient ailleurs... Déjà 25 ans. Comme ça avait passé vite ! La plupart de mes amies étaient mariées et avaient fondé une famille. Et moi, je vivais encore chez mes parents. À cet instant, je ne pus m'empêcher de penser à Louis, mon amour.

Aussitôt rentrée à la maison, je montai dans ma chambre, pris un bout de papier et écrivis :

Le 25 novembre 1916

Mon cher Louis,

La rupture de nos fiançailles a été une dure épreuve pour moi. Quand je t'ai remis la bague que tu m'avais offerte, j'ai tout fait pour retenir mes larmes. Depuis ce jour, quand je pense à nous, quand je pense à toi, je pleure comme une madone. Je m'ennuie de toi, mon p'tit loup. Tu ne me rends plus visite et je n'ai plus de tes nouvelles. Tu disais m'aimer, mais que tu ne pouvais plus attendre même si je t'en suppliais. Que la vie est mal faite. Je ne t'en veux pas, Louis. Je comprends même si je ne peux me faire à l'idée que pour toi et moi, c'est bien fini, que nous ne passerons pas le reste de nos jours ensemble. Voilà tous nos rêves, tous nos projets d'avenir anéantis.

De ton côté, il ne faut pas m'en vouloir non plus d'avoir accepté de continuer à enseigner pendant ces quatre années. Quand j'ai accepté le poste à la nouvelle École du Sacré-Cœur, je savais que ce serait difficile, mais les gens autour de moi ont fait tellement de sacrifices pour que leurs enfants aient droit à l'enseignement en français, que je ne pouvais pas les laisser tomber. On comptait sur moi. Tous ces petits enfants catholiques et français ont besoin de moi. Je me suis donc résignée, sachant que cela mènerait probablement à la fin de notre relation. Comme je suis désolée ! Heureusement que leurs marques d'estime et leurs témoignages de reconnaissance sont un baume. Si Dieu a tracé ce chemin pour moi, c'est que l'enseignement est ma vocation, mon devoir, mon destin.

Quand on s'est quittés, on s'est promis de rester amis. Je veux te souhaiter tout le bonheur que tu mérites et j'espère que tu trouveras la femme qui te rendra heureux. Ton absence à mes côtés et ton silence sont pour moi une grande source de chagrin.

Florence

P.S. Aujourd'hui, on m'a fêtée pour la Sainte-Catherine. Je suis maintenant une vieille fille de 25 ans, non mariée. Que Dieu me vienne en aide, j'espère que je fais le bon choix. Quoi qu'il en soit, je garderai toujours une place toute spéciale pour toi dans mon cœur.

* *
*

L'esprit de Florence se dissipe et elle disparaît. Sans aucune explication, je saisis que c'est probablement la dernière fois que je la revois. Je suis triste à cette idée et rempli de chagrin à la pensée de tous les sacrifices qu'elle a faits en silence. À mes yeux, cette femme a été une vraie héroïne et j'admire son courage.

CHAPITRE 33

Une belle histoire

Le samedi 23 juin 2012, Alicia me tire de mes rêves :

— Aye, le frérot, tu te lèves tard pour la journée de ton *prom*. Il est déjà 9 h.

— Ah non ! Je dois aller ramasser mon *tuxedo* à 9 h 30. Merci Alicia.

— J'irai avec toi, si tu veux.

— Bien sûr. Je me lève et dans dix minutes je serai prêt.

Alicia a tellement changé. Une métamorphose ! Je retrouve la sœur que j'avais perdue depuis un an. Je me lève et me dirige aux toilettes. Alicia me dépasse à la course, entre et je l'entends vomir. Elle sort et me dit :

— Ce n'est rien, probablement l'effet des pilules que le médecin m'a prescrites.

— Tu prends des pilules ?

— Maman était avec moi chez le médecin. Il pense que je dois prendre des antidépresseurs pour un certain temps.

Je n'ajoute rien, mais le fait qu'elle soit malade le matin m'inquiète. Il faudra en parler à ma mère.

Pas aujourd'hui ! C'est ma journée. C'est mon bal des finissants. Je veux en profiter.

Jess arrive vers 14 h. En après-midi, nous avons un *cocktail* chez un ami. Je ne la reconnais pas, tellement elle est radieuse. Elle m'a apporté une boutonnière dans les teintes de sa robe, simple, classique, ravissante, ajustée à la taille... celle d'une vraie princesse.

— Monsieur est-il disponible pour accompagner une pauvre demoiselle au bal, ce soir ?

Alicia la trouve charmante et rit tellement de nous voir. Elle partage notre bonheur.

— *Wow !* Jessica ! Tu es la plus belle demoiselle, comme tu dis, que j'ai jamais vue.

— Et vous, Monsieur, le plus élégant jeune homme qui a su conquérir mon coeur.

— Jess, je ne sais pas quoi dire. Tu es tellement, tellement belle. Je suis comblé. C'est comme un rêve, Jess. Dis-moi que c'est un vrai rêve.

Elle me fait un clin d'œil espiègle.

— Aussi vrai que ce que tu vois présentement, John.

Nous vivons une formidable soirée. Évidemment, Kevin se présente au bal... avec Lois Macdonald. Le couple est flamboyant et attire l'attention. Lois charme la foule avec son petit accent écossais et ses commentaires humoristiques. Pendant la soirée, elle bute intentionnellement contre Jessica, lors d'une danse.

— Oh ! Excuse ! Bonsoir, Jess. Bonsoir, John. Je vois que j'avais raison. Vous êtes ensemble. Ah, pis Jess, je vois que tu as suivi mes conseils de chez Walmart pour ta robe.

Je suis sur le point de lui rétorquer que moi aussi, j'ai eu raison au sujet de Kevin, d'elle et de

Facebook, mais Jess me met un doigt sur la bouche et lui souhaite, avec un immense sourire :

— Bonne soirée, Lois. Toi aussi, Kevin. Nous, on s'amuse vraiment beaucoup ce soir.

Elle se tourne vers moi et nous reprenons la cadence, pendant qu'elle se colle affectueusement contre moi. Lois reste un moment immobile et quitte Kevin, passe à sa table, ramasse sa bourse et se dirige vers la salle de toilette. Plus tard dans la soirée, je trouve un billet dans ma poche de veston, signé Lois :

Tu ne seras pas heureux avec elle. C'est moi que tu aimes vraiment. Je te le prouverai. Love, Lois.

Il y a un grand parc près de la salle de danse ; Jess et moi allons marcher et prendre une bouffée d'air frais. Toute cette histoire est derrière moi. Je déchire le billet en mille miettes et je le laisse tomber dans une flaque d'eau, sans que Jess ne s'en rende compte. La soirée est merveilleuse et tard dans la nuit, Jess s'arrête tout à coup. Elle serre ma main, très fort.

— John, est-ce que tu vois ce que je vois ?

Je LES aperçois. Les spectres de Florence et Pépère nous attendent sur un banc, avec des papiers. Nous nous approchons lentement.

— Venez vous asseoir, les amoureux. Je ne vous retiendrai pas longtemps.

— Pépère, je pensais que c'était seulement de ma chambre que...

— Mais non, tu as encore beaucoup de choses à apprendre.

— Je sais, Pépère. Mais pourquoi venir avec Mademoiselle Florence ?

— John, peut-être que Mademoiselle Florence a quelques détails pour toi.

— Moi Pépère, j'aimerais savoir comment s'est terminée la journée de la grande fête à Green Valley.

Florence prend la parole :

— Tiens Jessica, c'est justement ce que je voulais vous raconter : la fin. Nous avons vécu une journée mémorable. Tous les journaux français du Canada en ont parlé. Les francophones de Green Valley ont persévéré. Ce fut un exemple à suivre pour les autres dans la province. Moi, la belle Florence comme on m'appelait, je n'ai jamais réussi à guérir de la perte de mon Louis. De son côté, mon beau Louis s'est marié, le 21 août 1917, à Délima Ladouceur de Coteau Station. J'ai vécu difficilement la perte de mon amoureux et, en 1921, j'ai décidé de quitter l'École du Sacré-Cœur pour aller aider d'autres communautés éloignées du Nord de l'Ontario à offrir des cours en français aux jeunes des familles. J'ai donc poursuivi ma mission toute ma vie.

— C'est tellement une belle histoire, Pépère.

— Tu sais, John, c'est la fin et ce soir, avec Florence, je retourne à jamais avec nos ancêtres.

— Mais nous, on pourra encore se voir ?

— Non, John, mon rôle se termine ici, avec l'histoire de cette grande dame qui est devant nous et celle d'autres héros, tels Baptiste Ménard et Médéric Poirier.

— Je comprends, Pépère, mais...

Jessica m'interrompt :

— Pour nous, vous allez toujours être présent, je vous le promets.

– Merci. C'est plus que ce que je mérite. Je n'ai fait que mon devoir. John, quand tu rentreras ce soir, regarde au fond de la boîte. Il y a une enveloppe pour toi. Adieu et soyez heureux ensemble.

– Merci, Pépère. Je t'aime gros, vraiment gros. Merci, Mademoiselle Quesnel.

Avant que mon Pépère nous quitte, nous formons un cercle en nous tenant les mains fermement. Une puissante énergie se dégage et une lumière radieuse nous illumine. Un instant plus tard, les spectres de Florence et de Pépère s'effacent, dans un nuage de fumée bleuâtre.

* *

*

Quand j'entre dans ma chambre après la soirée, la boîte est sur mon lit et l'enveloppe s'y trouve bel et bien, avec une signature : *Le Horla*. Je l'ouvre et une autre surprise m'attend :

Le 31 janvier 2012

Cher John,

Je t'écris cette lettre posthume. Quand tu la liras, je serai passé dans l'autre monde. Ne t'en fais pas, je serai toujours présent grâce à nos souvenirs et à nos moments vécus ensemble. Aujourd'hui, tu commences à comprendre la valeur de ce partage.

Je veux te révéler quelque chose : l'homme que les gens appelaient Baptiste Ménard s'appelait en fait Jean-Baptiste Ménard, né à Saint-Lazare, au Québec, en 1881. Toi John, né le 31 janvier 1994, à l'hôpital Montfort d'Ottawa, ton vrai nom est aussi Jean-Baptiste Ménard. Tu portes le même nom que ton ancêtre. J'ai placé des copies de vos baptistères avec ma lettre. C'est un signe, Jean-Baptiste, et tu dois réfléchir à ton avenir.

Retourne au cimetière de Green Valley. La pierre tombale de Florence Quesnel y est, au coin nord-ouest. Une sépulture toute simple pour une grande dame. Il faudrait qu'un jour, quelqu'un s'occupe de faire ériger un monument pour célébrer l'effort, la lutte et la victoire des gens de Green Valley, qui se sont battus pour conserver leur langue, leur religion et leur culture.

Ne sois pas triste, Jean-Baptiste. Profite de la vie et choisis une carrière passionnante. Avec un amour infini, je te signe un adieu qui n'est en fait qu'un commencement.

Pépère.

C'est en cette soirée que je prends la décision d'étudier le droit. Je suivrai les traces de mes ancêtres et défendrai les droits des Franco-Ontariens. Comme disait Pépère : « Plus ça change, plus c'est pareil. » Chaque jour, les Franco-Ontariens doivent se battre afin de préserver leur langue et leur culture. C'est maintenant à nous, les jeunes, de mener ce combat.

Glossaire des textos

Btw	*By the way*
Dsl	Désolé – Désolée
Etk	En tout cas
Gtg	*Got to go*
Kft	Qu'est-ce que tu fais ?
Lmao	*Laughing my ass off*
Lol	*Laughing out loud*
Pk	Pourquoi ?
Rofl	*Roll on floor laughing*
Tbh	*To be honest*
Ttyl	*Talk to you later*

Généalogie
Familles de Green Valley

Mariages	Enfants
Jean-Baptiste MÉNARD marié à Antonia QUENNEVILLE *N.B. Louis Ménard était le jeune frère de Jean-Baptiste.*	Wilfrid Léo Irène Léa Cécile Laurent
Emery OUIMET marié à Sarah ROUSSIN	Eva Wilfrid Arthur Rosanna Ovila Marie Léon William
Médéric POIRIER marié à Annie QUESNEL	Rosanna Laura Alexandre Marie-Rosanna Hervé Aldia Alice (Angéline) Artel Irène Dora Gracia
Alexandre QUESNEL marié à Georgina LALONDE	Florence Alice Annie Délima Blanche Christine Rodrigue Omer

Le Règlement 17

Le 25 juin 1912, le ministère de l'Éducation de l'Ontario émet la circulaire n° 17, surnommée le Règlement 17. Voici les grandes lignes de cette loi qui a mené à une résistance sans précédent pour défendre les droits scolaires de la minorité canadienne-française de l'Ontario.

Article 1 :

En Ontario, il n'existe que deux catégories d'écoles primaires : les écoles publiques et les écoles séparées (catholiques). On ne reconnaît plus les écoles dites anglo-françaises ou bilingues.

Article 2 :

L'enseignement donné dans les écoles dites bilingues sera en tous points identique à celui de toutes les autres écoles publiques ou séparées. L'enseignement du catéchisme se fera à l'aide des manuels d'instruction religieuse, les *Canadian Catholic Readers* (exclusivement en anglais).

Article 3 :

Cet article détermine l'usage du français comme langue d'enseignement. Cet usage est limité aux cas où l'emploi du français est « nécessaire » et ne peut être autorisé que pour le premier cours (les enfants de 5 à 7 ans).

<u>Article 4</u> :

L'enseignement du français ne sera autorisé à moins d'une permission spéciale de l'inspecteur. De plus, cet enseignement doit être réclamé par les parents. Il se limite à la lecture, à la grammaire et à la composition et ne doit pas nuire à l'enseignement général donné en anglais. L'enseignement du français ne doit jamais dépasser une heure par jour.

Extraits de *L'Ontario français par les documents* de Gaëtan VALLIÈRES, p. 170-171.

Pour en savoir plus sur
le Règlement 17 et la crise scolaire
en Ontario

Bock, Michel et Gaétan Gervais. *L'Ontario français – Des Pays-d'en-Haut à nos jours*, Ottawa, CFORP, 2004, 271 p.

Choquette, Robert. *L'Ontario français historique*, Montréal, Éditions Études vivantes, 1980, 272 p.

Grimard, Jacques. *L'Ontario français par l'image*, Montréal, Éditions Études vivantes, 1981, 257 p.

Sylvestre, Paul-François. *L'Ontario français – Quatre siècles d'histoire*, Ottawa, Éditions David, 2013, 222 p.

Vallières, Gaëtan, *L'Ontario français par les documents*, Montréal, Éditions Études vivantes, 1980, 280 p.

AUTRES SOURCES

Bériault, Sr Hélène. Livret souvenir *Les Sœurs de Sainte-Croix de Green Valley*, 1950.

CRCCF – Archives du Centre de recherche en civilisation canadienne-française, Université d'Ottawa, Fonds C2 – Association canadienne-française de l'Ontario, *La question scolaire de Green Valley, dossiers nᵒˢ C2/100/12 et C2/88/3.*

Journal *Le Droit*, Ottawa, mars 1913 – juillet 1917. (Microfiches disponibles à la Bibliothèque et aux Archives du Canada).

LIVRET SOUVENIR. *50ᵉ anniversaire de Sainte-Marie de l'Assomption de Green Valley.*

Remerciements

Nous tenons d'abord à remercier les personnes suivantes qui ont accepté de nous accorder une entrevue :

M. Donald Ménard

M. Laurent Ménard

M. Yvon Ménard

Mme Marie-Laure Noseworthy

Mmes Jacqueline Fraser,
Marie-Anne Gauthier, Lorraine Lanthier
et Pauline Valade

Pour leur précieuse collaboration au cours de nos recherches, nous sommes aussi reconnaissants à :

M. Michel Constant

Mme Jeannine Deschamps

Père Gérald Poirier

M. Robert Poirier

Mme Louise Séguin

À propos des auteurs

Jean-Claude Larocque et Denis Sauvé

Natif d'Alexandria en Ontario, **Jean-Claude Larocque** montre, dès l'adolescence, de l'intérêt pour l'écriture par le biais de la poésie et des arts de la scène. Après des études en théâtre et en histoire à l'Université d'Ottawa, il poursuit des études en pédagogie. Brevet en poche, il entreprend une carrière dans l'enseignement, d'abord à l'École secondaire de Smooth Rock Falls dans le nord de l'Ontario, puis à Alexandria, son patelin, à l'École secondaire catholique le Relais, où il travaille pendant plus de vingt-cinq ans avant de prendre sa retraite en juin 2009. Très impliqué auprès des jeunes tout au long de sa carrière, il crée un projet d'envergure du nom de *Café chantant* où il assure la mise en scène et la direction de jeunes acteurs et actrices à l'école secondaire d'Alexandria. Composée d'une cinquantaine d'élèves, cette troupe présente depuis une vingtaine d'années des spectacles variés ainsi que des pièces adaptées au milieu scolaire.

Natif de Hawkesbury dans l'Est ontarien, **Denis Sauvé** étudie l'histoire et le français à l'Université d'Ottawa, puis obtient un baccalauréat en éducation. Sa carrière dans l'enseignement débute à Sudbury et, après une brève escale dans son coin de pays à Hawkesbury, il s'investit auprès de la jeunesse franco-ontarienne pendant plus de vingt ans à l'École secondaire régionale d'Alexandria, devenue Le Relais. C'est là qu'il rencontre Jean-Claude Larocque avec qui il n'a cessé de collaborer, à travers la production de spectacles et la création de pièces de théâtre pour le *Café chantant*, particulièrement en tant qu'auteur et directeur musical de la troupe, jusqu'à ce qu'ils entreprennent ensemble l'écriture d'un roman sur la vie d'Étienne Brûlé.

En 2013, les auteurs ont reçu du *Regroupement des organismes du patrimoine franco-ontarien*, le Prix Huguette-Parent en reconnaissance de leur contribution remarquable à la mise en valeur du patrimoine de l'Ontario français. Recevoir ce prix a été pour eux un grand honneur et une source de motivation.

Avec leur tout dernier roman *John et le Règlement 17*, ils poursuivent leur engagement en nous transportant au début du XXe siècle, à une époque charnière de l'histoire de l'Ontario français.

Leur passion commune pour les mots et l'histoire, combinée au plaisir qu'ils ont de travailler ensemble et de communiquer avec les jeunes, occupe maintenant une grande partie de leur temps.

Table des matières

Collection dirigée par Renée Joyal

Bélanger, Pierre-Luc. *24 heures de liberté*, 2013.

Forand, Claude. *Ainsi parle le Saigneur* (polar), 2007.

Forand, Claude. *On fait quoi avec le cadavre?* (nouvelles), 2009.

Forand, Claude. *Un moine trop bavard* (polar), 2011.

Laframboise, Michèle. *Le projet Ithuriel*, 2012.

Larocque, Jean-Claude et Denis Sauvé. *Étienne Brûlé. Le fils de Champlain* (Tome 1), 2010.

Larocque, Jean-Claude et Denis Sauvé. *Étienne Brûlé. Le fils des Hurons* (Tome 2), 2010.

Larocque, Jean-Claude et Denis Sauvé. *Étienne Brûlé. Le fils sacrifié* (Tome 3), 2011.

Larocque, Jean-Claude et Denis Sauvé. *John et le Règlement 17*, 2014.

Marchildon, Daniel. *La première guerre de Toronto*, 2010.

Périès, Didier. *Mystères à Natagamau. Opération Clandestino*, 2013.

Royer, Louise. *iPod et minijupe au 18e siècle*, 2011.

Royer, Louise. *Culotte et redingote au 21e siècle*, 2012.

Couverture : photomontage.
Devoir290322, Exposition virtuelle : «Le Règlement XVII : luttes et mobilisation».
C2/82/1, Fonds Association canadienne-française de l'Ontario (C2).
C2/96/7, Fonds Association canadienne-française de l'Ontario (C2).
Ph2-142a, Fonds Association canadienne-française de l'Ontario (C2).
Ph23-W10, Université d'Ottawa, CRCCF, Fonds TVOntario (C21). Reproduit de
la collection d'Émile Demers, Welland (Ontario).
© Marko Geber | iStock Photos.

Photographie des auteurs : Paul Lalonde
Maquette et mise en pages : Anne-Marie Berthiaume
Révision : Frèdelin Leroux